전능의 팔찌

THE OMNIPOTENT
BRACELET

김현석 현대 판타지 소설
FUSION FANTASTIC STORY

전능의 팔찌 20

김현석 현대 판타지 소설

초판 1쇄 찍은 날 § 2013년 3월 14일
초판 1쇄 펴낸 날 § 2013년 3월 21일

지은이 § 김현석
펴낸이 § 서경석

편집부장 § 권태완
편집책임 § 박우진

펴낸곳 § 도서출판 청어람
등록번호 § 제1081-1-89호
등록일자 § 1999. 5. 31
어람번호 § 제1-1560호

주소 § 경기도 부천시 원미구 심곡2동 163-2 서경B/D 3F (우) 420-822
전화 § 032-656-4452 팩스 § 032-656-4453
http://www.chungeoram.com
E-mail § E-mail § chungeorambook@daum.net

ISBN 978-89-251-3211-2 04810
ISBN 978-89-251-2596-1 (세트)

전능의 팔찌

THE OMNIPOTENT BRACELET

⟨20⟩

FUSION FANTASTIC STORY
김현석 현대 판타지 소설

청람

CONTENTS

CHAPTER 01
말해줄 수 없습니다

"NOPA와 홍익인간 발매도 늦출까요?"

"아뇨. 그건 식약청에서 요구하는 대로 임상실험을 진행하세요. 그건 고통받는 사람들을 위해 한시라도 빨리 나가야 하는 약이니까요. 특히 CRPS 환자들이 필요로 하잖아요."

"알겠습니다."

민윤서 사장과 김지우 연구실장 모두 고개를 끄덕인다.

마땅한 진통제가 없어 지독한 고통에 시달리는 환자를 생각하면 하루라도 빨리 내보내야 한다.

그런데 일부 다국적 제약사들이 자신들의 이익을 위해 발

목을 잡고 있으니 참으로 안타까운 현실이다.

"참, 청향은 어떻습니까? 그건 의약품이 아닌 걸로 파니 큰 문제 없죠?"

"그게… 그것도 걸고넘어지는 데가 있어서 조금 늦어질 것 같습니다."

"흐음, 누구죠?"

"딱히 누구라 말씀드릴 순 없습니다. 다만 식약청에 상당한 압력, 또는 로비가 있었을 것이라는 짐작만 할 뿐입니다. 맑고, 향기롭고, 신선한 공기가 담겨 있을 뿐이라는데 아직 허가를 내주지 않고 있으니까요."

"좋아요. 식약청에선 무얼 보완하라고 합니까?"

"청향에 들어가는 공기가 어디서 채취된 것이냐고 합니다."

"헐!"

현수는 할 말을 잃었다. 청향의 성분을 분석해 보면 금방 나올 일이다. 공기를 어디에서 얻었는지가 중요한 것이 아니다.

"그래서 뭐라고 하셨습니까?"

"우리 공장에서 제조한 것이라 하니까 그게 무슨 맑고 신선한 공기냐고 합니다."

"흐음! 그럼 이렇게 합시다. 공장 내에 공기 정화 장치를 다세요. 그리고 그걸로 정화했다고……."

현수와 민윤서 사장, 그리고 김지우 박사는 오랫동안 논의를 했다. 기득권을 가진 자들이 조금의 틈도 내주지 않으려는 것을 깨부수기 위함이다.

＊　　＊　　＊

　"하하! 어서 오시게. 오랜만일세."

　"네, 늦었지만 국회의원이 되신 걸 축하드립니다."

　현수가 정중히 고개 숙여 예를 갖추자 국회의원 홍진표가 우리 사이에 왜 이러느냐는 듯 어깨를 툭툭 두드린다.

　"그래, 고맙네. 자, 앉지."

　맞은편에 앉자 누군가 커피를 내온다.

　"제잔데 똘똘한 데다 정치에 뜻이 있다 하여 보좌관으로 삼았네. 인사해. 이 친구가 그 유명한 국민전무 김현수이네."

　"아! 안녕하십니까? 보좌관 정홍상입니다. 이렇게 만나 뵈서 정말 영광입니다."

　"에구, 영광은요? 아무튼 반갑습니다. 김현수입니다."

　인사가 끝나자 정홍상이 밖으로 나간다. 동석할 군번이 아닌 것이다.

　"그래, 바쁜데 웬일인가?"

　"축하도 드릴 겸 의논할 게 있어 들렀습니다. 괜찮죠?"

"그럼, 당연하지."

홍진표가 고개를 끄덕이며 사람 좋은 미소를 지어 보인다.

천지건설 김현수 전무는 현재 대한민국 사람 거의 전부가 아는 유명인사이다. 게다가 이미지가 너무나 좋다.

현수는 국가와 회사를 위해 헌신적으로 일하는 사람으로 인식되어 있다.

잉가댐 건설 현장을 반군들이 덮쳤을 때 세스나기를 타고 가서 공수특전 용사처럼 낙하산을 메고 뛰어내린 때문이다.

국내의 극성스런 언론은 그날 현장에 있던 천지건설 직원들은 물론 부상당해 신음을 토하고 있던 콩고민주공화국 군인들까지 모두 인터뷰를 하였다.

그 결과 백발백중하는 사격술의 달인이라는 것도 알려졌다. 한심당에 속한 일부 국회의원들처럼 병역을 기피한 게 아니라 당당한 예비역 병장이라는 것을 의미한다.

게다가 대기업 전무이사이며, 보너스로 받은 돈만 100억 원이고 60세까지 최하 연봉이 60억 원이라고 한다.

결정적인 것은 미혼이다.

인터넷에 현수가 크리스마스이브에 결혼할 것이라는 기사가 떴지만 이게 사실이라는 걸 아는 사람은 매우 드물다.

그렇기에 최고의 신랑감으로 인식되고 있다.

이런 현수와 가깝게 지낸다는 것은 홍진표 의원의 올곧은 이미지와 상승작용을 일으키게 될 것이다.

좋아하는 사람 곁에 있는 사람에게 자연스럽게 시선이 옮겨지는 것과 마찬가지이다.

"요즘 전투복 때문에 문제가 많죠?"

"그렇다네. 여름엔 덥고 겨울엔 춥다고 하네. 그런 게 무슨 전투복인가? 신형은 무슨. 요즘 조사 중인데 분명 군납 비리가 있었을 거네. 그런 놈들은 잡아서 족쳐야 하는데. 어휴~!"

국민의 혈세가 어떤 놈의 주머니로 흘러든다는 생각에 열이라도 받았는지 홍진표 의원의 얼굴이 금방 달아오른다.

"저, 이실리프 어패럴이라는 회사를 갖고 있습니다."

"그래? 어패럴(Apparel)이라고 하면 의복, 또는 옷을 입히다는 뜻이니 의류회사겠구먼."

"네, 맞습니다."

"건설회사 다니면서 의류회사라……."

잘 매치가 되지 않는다는 듯 웃는다.

"그 회사에서 군복 납품을 추진했었습니다."

"아! 그런가?"

자신이 관심 가진 분야에 대한 이야기가 나오자 눈빛이 반짝인다. 흥미있다는 뜻이다.

"그런데 포기했습니다."

"왜?"

"관행을 요구하더군요."

"에잉, 어떤 빌어먹을 놈이. 그걸 해결해 주면 되는가?"

"아뇨, 군납을 포기했습니다."

"그런데 왜?"

"국방위원회에 계시니까 정보 차원에서 말씀드리는 겁니다. 우리 이실리프 어패럴에서 생산하려는 군복은⋯⋯."

현수의 말이 이어지는 동안 홍진표 의원은 크게 놀라기도 하고 짜증을 내기도 했다.

항온 전투복의 개념을 듣고는 크게 놀란다.

그리고 한국군에 대한 군납을 포기하는 대신 미군에 10만 벌을 납품할 생각이라는 말에는 짜증을 냈다.

들어보니 설명대로라면 국군의 전투력을 크게 상승시킬 아이템이다. 그런데 국내는 뇌물이 없으면 납품이 어렵다.

그 뇌물을 놈들은 관행이라는 이름으로 교묘하게 포장해 놓고 사리사욕을 채우고 있다. 혼자 먹는 게 아니라 상납에 상납으로 이어지고 있기에 웬만해선 잡아내기 어렵다. 잡는다 하더라고 윗선에서 개입하여 큰 처벌을 받지 않는다.

그렇지 않아도 국방위원회에 배속되면서 이런 고질적인 병폐를 발본색원하자는 마음을 먹었다.

그렇기에 며칠 전에도 그 난리를 피운 것이다. 국민들이 알아야 힘을 실어줄 것이기 때문이다.

그리고 홍 의원의 이런 의도는 적중했다.

네티즌은 무조건적인 성원을 보내는 중이다. 책임자 처벌을 원하는 서명운동도 벌어지고 있다.

여론을 읽은 방송국에선 심층 취재에 나섰다.

이런 시점에 현수로부터 귀한 정보를 얻었다. 최세창 대령이라는 이름이 그것이다. 그런데 이걸로 끝이 아니다.

현수의 이야기가 추가되자 홍 의원의 얼굴이 잔뜩 찌푸려진다. 강철환 예비역 대령과 선진식 기무사 소령에 관한 것을 들은 것이다. 기업이 어렵게 개발한 기술을 거저 강탈하려는 놈들의 행태에 치를 떤다.

"내가 조사를 진행토록 하겠네."

"네, 이건 반드시 고쳐져야 할 문제입니다."

"그나저나 자네 참 대단하네. 어떻게 이런 물건을……."

항온 전투복에 관한 내용이다.

"여러 사람의 머리가 합쳐진 결과이지요."

"내게도 한 벌 샘플로 줄 수 있겠나? 국방장관에게 선물했으면 하네."

"……!"

현수가 국방장관에게 선물하면 숨겨진 의도가 있는 것으로 보고될 것이다. 이실리프 어패럴의 대주주이기 때문이다.

하지만 홍진표 의원이 선물한다면 이야기가 달라진다.

국방장관은 홍 의원과의 친분을 과시하기 위해서라도 항온 전투복을 입을 것이다. 그러면 그게 어떤 군복인지 알게 된다.

"현직 국방장관의 이름은 알지? 기왕이면 명찰도 박아서 가져다주시게."

"알겠습니다. 그러지요."

두말 않고 고개를 끄덕였다. 국군에 군납하려는 의도가 아니다. 군납 비리를 없애려는 마음이다.

"또 하나 말씀드릴 것이 있습니다."

"뭐지?"

"실은 제가 자동차를 매우 좋아합니다. 그래서 평상시에도 자동차 연비에 대한 생각을 많이……"

현수는 연료비를 12분지 1 이하로 줄일 수 있는 엔진 개발에 성공했음을 이야기했다.

또한 이를 응용하여 선박 엔진 역시 개조 가능하다는 말도 했다. 여기에 추진기 변동압력을 0.42mm/sec 정도로 줄일 수 있음도 이야기했다.

소리와 민감한 관계가 있는 해군력엔 상당히 중요한 일이다.

국방부에는 수없이 많은 차량이 있다.

이것들의 연료비가 일률적으로 12분지 1 이하로 줄어들면 무기를 신형으로 교체하거나 새로운 것을 도입할 수 있다.

하지만 당장은 불가능하다. 그걸 일일이 손봐줄 인력이 터무니없이 부족하기 때문이다.

반면 해군이 보유한 함선은 그리 많지 않다.

다음은 대양작전에 나설 수 있는 해군 전력이다.

만재배수량 11,000톤급 이지스 구축함인 세종대왕함급 세 척.

5,500톤급 KD-2 구축함 충무공 이순신함급 여섯 척.

18,000톤급 LPH-5111 강습상륙함 독도함급 한 척.

9,000톤급 AOE-57 군수지원함 천지함급 세 척.

4,500톤급 SDT-681 전차상륙함 고준봉함급 네 척.

수중배수량 1,800톤급 214 디젤잠수함 손원일함급 세 척.

다 해봐야 20척이다. 나라를 위해 이 정도는 얼마든지 수고를 아끼지 않을 수 있기에 꺼낸 말이다.

세종대왕함의 경우 한 번 연료를 주입하면 부산항에서 하와이까지 운항 가능하다.

엔진이 개조된다면 이를 열한 번 더 갈 수 있게 된다.

운항 거리 연장이 필요 없을 경우 연료 탱크를 줄이면 더 많은 미사일을 보유할 수 있다.

"비용은 많이 드는가?"

획기적인 연료 절감이 홍진표 의원의 마음을 움직인 듯싶다.

"비용도 시간도 그리 많이 들지 않습니다. 다만 신기술이기 때문에 어느 누구에게도 공개할 수는 없습니다."

"그럼 군에서 함선을 내어줄까?"

"싫으면 말아야죠. 조만간 저희가 손본 엔진을 장착한 자동차와 컨테이너선들이 운항하게 됩니다. 그걸 보고도 못 믿는다면 할 수 없죠."

"기술에 대한 특허는 냈나?"

"아뇨. 특허를 낼 생각은 없습니다. 베낄 수 있으면 얼마든지 베끼라고 할 겁니다."

"그래도 특허 내는 것이 유리하지 않나?"

지극히 상식적인 물음이다.

"그래 봤자 보호받는 기간이 길지도 않은데요, 뭐."

현수의 여유있는 표정을 본 홍 의원은 뭔가 믿는 구석이 있어 그런 것이라 판단하고 고개를 끄덕였다.

"좋네, 그럼 내가 어떻게 해주면 되겠나?"

"해군 관계자들을 먼저 만나야겠죠."

"흐으음, 알겠네. 조만간 연락하겠네."

"하하, 네. 그나저나 의정 활동을 하려면 정치자금이 필요할 텐데 그건 어떻게 충당하십니까?"

"국회의원에게 나라에서 주는 세비가 얼마인지 아나? 연봉으로 따지면 약 1억 5천만 원 정도 되네. 이것 외에도 연 2회 해외 시찰 지원, 그리고……."

홍 의원의 말이 이어졌다.

국회의원에겐 사무실 전화 요금, 우편 요금, 차량 유지비, 사무실 운영비, 야근 식비가 별도로 지원된다.

정책 홍보물을 제작하는 비용 전액이 지원되며 KTX는 물론이고 선박과 항공기를 공짜로 탑승한다.

또한 4급 두 명, 5급 두 명, 6급 한 명, 7급 한 명, 9급 한 명 등 최대 아홉 명까지 보좌진을 거느릴 수 있다.

이로 인한 비용은 연간 약 3억 9,500만 원가량 된다.

게다가 상임위원장이 되면 월 1,000만 원의 판공비를 추가로 지급받을 수 있다.

후원회를 조직하면 매년 1억 5천만 원까지, 선거 때엔 두 배인 3억 원까지 정치자금으로 모금할 수 있다.

"국회 밖에서도 느낀 거지만 이건 너무 과도해. 그런데도 정치자금이 없다고 손 벌리는 것들을 보면……."

홍 의원은 양심 없는 동료 의원들의 행태가 진저리난다는 듯 심하고 고개를 흔든다.

"……!"

현수는 아무런 대꾸도 하지 않았다. 홍 의원이 이를 타박한 것이라 여겼는지 얼른 수습에 들어간다.

"난 정치자금이 필요 없네. 이렇게 많이 주는데 뭐가 더 필요할까? 그러니 마음 쓰지 말게. 생각만으로도 고맙네."

"나중에라도 필요하면 말씀하세요. 다른 의원들은 사리사욕을 위해 정치자금을 모금할 수도 있지만 홍 의원님만은 안 그러리라 믿으니 흔쾌히 드릴 수 있습니다."

"고맙네. 기억해 두지."

"참, 보좌관은 몇 명이나 두셨습니까?"

"넷이네."

현수는 역시나라는 생각을 하곤 물었다.

"왜 더 뽑지 않으셨어요? 다들 아홉 명씩 두잖아요."

"그 정도만으로도 충분하니까. 근데 왜 묻지?"

"곧 겨울이 됩니다. 아까 말씀드렸던 항온 재킷을 보낼 테니 민생 현안을 잘 살펴봐 주십시오."

"그래 주면 나야 고맙지! 하하, 하하하!"

사람 좋은 웃음을 지으며 자리에서 일어선다. 이제 갈 시간인 것이다.

홍진표 의원과 헤어진 현수는 곧장 천지건설 본사로 향했다. 빨리 들어와 달라는 전화가 있었던 때문이다.

*　　　*　　　*

"사장님은… 안에 계세요?"

"네, 아까부터 기다리고 계세요. 얼른 들어가세요."

조인경 대리가 환한 웃음을 지어준다. 마음에 드는 사내를 소개해 줘서 고맙다는 뜻이다.

"아, 네."

"참, 손님도 계세요. 참고하시라고요."

조 대리에게 싱긋 웃어주고 문을 열고 들어가니 처음 보는 사내가 사장과 함께 있다.

"부르셨습니까, 사장님!"

"그래, 어서 오게. 자, 앉지."

"네."

현수가 자리에 앉자 신 사장이 50대 중반으로 보이는 사내를 바라본다.

"인사하게. 통일부 고만섭 차관이시네."

"아! 그렇습니까?"

"자네 없는 동안 회장님께서 바쁘게 움직이셨네."

"그랬군요. 처음 뵙습니다. 김현수라 합니다."

현수가 예의를 갖추자 고 차관이 손을 내민다.

"통일부 고만섭입니다. 만나게 되어 반갑습니다."

악수를 하면서 고 차관은 잠시 현수를 유심히 바라본다. 그리곤 말을 이었다.

"북한 주민 접촉 신청을 하셨는데, 평범한 사람들을 만나려는 것은 아닌 거죠?"

"그렇습니다. 제가 만나야 할 사람은 고위관리들입니다."

"흐음, 고위관리라……. 군인도 포함되어 있습니까? 그리고 어떤 내용으로 만나려는 건지요?"

"죄송합니다. 그건 말씀드릴 수 없습니다."

전혀 기대하지 않은 대답이었는지 고 차관의 눈썹이 씰룩인다. 대답이 마음에 안 든다는 뜻이다.

"저희가 주무부서인데 말씀을 안 해주신다면 허가해 드리기가 어렵지 않겠습니까?"

아주 부드러운 음성과 표정이다. 하지만 내용은 그러하지 않다. 털어놓지 않으면 허가해 줄 수 없다는 뜻이 담겨 있다.

"제가 북한에 들어가려고 하는 것은 국익과도 관련이 있습니다. 그리고 극도의 보안이 요구되는 사항입니다."

현수 또한 말해줄 수 없다는 말을 완곡하게 표현했다.

"흐음, 국익과 보안이라……. 주무부서 차관인 나도 알아선 안 될 일입니까?"

"네, 일이 성사되기 전까진 그렇습니다."

이번 대답도 의외이다. 그러곤 더 할 말 없다는 듯 입술을 굳게 다문다. 고 차관은 슬며시 부아가 치미는 것을 느꼈다. 하지만 억지로 다스리고 있다. 보낸 사람 때문이다.

오늘 직속상관인 통일부 장관의 호출을 받았다.

그리곤 천지건설로 가서 김현수 전무이사의 방북 요청 사유가 뭔지 알아오라는 지시를 받았다.

이연서 천지그룹 회장이 직접 움직인 일이다. 그래서 국무총리가 직접 장관에게 연락을 했다. 그리고 면담해야 할 상대가 나름 거물이기에 사무관 내지는 서기관 급보다는 차관이 적합할 것 같아 보낸다기에 그러려니 했다.

그렇지 않아도 국민전무, 국민배우가 된 현수를 한 번쯤을 만나보고 싶었다.

하나밖에 없는 딸이 입에 달고 사는 사내이기 때문이다.

늦장가를 갔기에 차관의 딸은 이제 겨우 고2이다. 그런 딸아이가 신화창조 티저 영상을 보더니 반해 버린 것이다.

하여 나름 호감을 갖고 왔는데 슬쩍 기분이 나빠진다.

차관은 소속 장관을 보좌하고 장관의 직무를 대행할 수 있는 정무직(政務職) 국가 공무원이다. 그리고 대통령이 임명한다. 참고로 대한민국 공무원의 직급을 살펴보면 다음과 같다.

9급 서기보 : 지방관서 대민 업무.

8급 서기 : 지방관서 대민 업무.

7급 주사보 : 지방관서 계장.

6급 주사 : 지방관서 계장 내지 팀장.

5급 사무관 : 지방관서 과장.

4급 서기관 : 지방관서 서장.

3급 부이사관 : 국장, 인구 15만 이상 기초자치단체장.

2급 이사관 : 국장, 인구 50만 이상 기초자치단체장.

1급 관리관 : 차관보, 인구 100만 이상 기초자치단체장.

차관은 1급 공무원인 관리관 위의 차관급 공무원이다. 더 위로는 장관급, 부총리급, 총리급, 대통령급이 있을 뿐이다.

그런데 무시당했다는 느낌을 받았다. 하지만 웃음기 띤 얼굴을 굳히진 않았다. 그만한 내공은 있기 때문이다.

"그래도 내게는 말을 해줘야 합니다. 주무부서에서 모르는 일은 없어야 하니까요."

"죄송합니다. 현재로선 밝힐 수 없습니다."

"끄으응! 말이 안 통하는군요. 알겠습니다. 이렇듯 완강하시니 할 수 없지요."

고 차관이 자리에서 일어선다. 어찌 되었든 나이가 많은 사람이다. 앉아서 대꾸할 수 없기에 따라 일어섰다.

"미안합니다. 사정이 있으니 양해 바랍니다."

"뭐, 그렇다니 할 수 없지요. 저희도 내부 사정이 있다는 걸 이해해 주십시오. 방북 신청을 한다고 알아보지도 않고 허가할 수 없다는 것을요."

"그럼 제가 구체적인 방문 목적을 차관님께 말씀드리지 않으면 허가가 나지 않을 수도 있다는 뜻이지요?"

"아마도 그럴 겁니다."

말은 이렇게 했지만 고 차관은 단호한 표정이다. 현수는 잠시 시선을 주었다가 거둔다.

"알겠습니다. 그럼 제가 포기하지요."

"끄으응!"

고 차관은 마음에 들지 않는다는 듯 인상을 찌푸린다.

그리곤 신형섭 사장에게 인사도 없이 나가 버린다. 몹시 불쾌하다는 뜻을 간접적으로 보여준 것이다. 실례도 이런 실례가 없기에 신 사장은 당황한 듯 현수를 바라본다.

"이보게."

뭐라 하기 전에 현수가 먼저 입을 열었다.

"아는 사람이 적을수록 성사될 확률이 큰 일입니다."

"그, 그렇긴 해도……."

신 사장 역시 사안의 중대성을 알기에 수긍하는 표정을 지었다. 이때 인터컴이 울린다.

띠리리리링―!

"으음, 누군가?"

"사장님, 총리실에서 전화 왔습니다. 2번 누르고 받으세요."

"총리실에서? 알겠네."

신형섭 사장은 2번을 눌렀다.

"전화 바꿨습니다. 천지건설 신형섭 사장입니다."

"반갑습니다, 신 사장님. 국무총리 비서실의 안 사무관입니다. 잠시만 기다려 주시면 총리님을 바꿔 드리겠습니다."

"네, 그러지요."

잠시 침묵이 흘렀다.

"여보세요. 신 사장님? 총리 심호철입니다."

"아, 네, 신형섭입니다. 총리께서 어인 일로 제게 전화를 다 주셨습니까?"

가끔 리셉션장에서 보는 얼굴이기에 고 차관보다는 편하게 대하는 듯하다.

"귀사의 김현수 전무가 신청한 방북 신청이 허가되었음을 알리려 연결했습니다."

"아! 그렇습니까?"

"대통령님께서 국가 발전에 지대한 공이 될 수 있으니 적극 협력하라는 지시를 내리셨습니다."

"아, 네. 감사합니다."

신 사장은 무슨 소린지 듣지 않아도 알아듣고 있느냐는 표정을 지어 보인다. 이에 현수는 고개를 끄덕였다.

국무총리, 또는 대통령은 주한 러시아대사를 불러 푸틴의 친서를 확인했을 것이다. 그렇기에 이렇듯 협조적일 것이다.

"아, 네에. 그럼요. 저희 김 전무가 알아서 잘 할 겁니다. 네, 네! 네, 그러지요. 네, 알겠습니다."

방북 허가가 떨어졌으니 현수는 합법적으로 북한으로 들어갈 수 있게 되었다. 어떤 방법을 택할까를 고심하는 동안 신 사장과 총리의 통화가 끝났다.

"고 차관이 그러고 가서 좀 찜찜했는데 다행이네."

"네. 아무튼 잘되었습니다. 조만간 제가 북한으로 들어가겠습니다."

"왜 조만간인가? 허가가 떨어졌으니 바로 들어가지 않고."

빨리 들어가 일을 성사시키라는 무언의 압력이다.

"가기 전에 저쪽에 대해 공부 좀 해야 할 것 같아서요. 무턱대고 들이밀 사안은 아닙니다. 현재로선 저쪽이 얻는 게 보이지 않으니까요."

"하긴……. 그나저나 우리 회사가 그 공사 전부를 하게 되는 건가?"

"사장님, 냉정하게 보았을 때 다 맡기면 우리 회사가 그걸

소화할 수 있을까요?"

"아니! 현장이 길고 요즘은 콩고민주공화국에 많이 파견해서 그러긴 힘들지."

"그럼 나눠야지요. 국내 기업은 물론이고 러시아 건설사도 많이 동원해야 할 겁니다."

"문제는 인력 충원이야. 국내 기술진은 어떻게 될 거야. 요즘 건설 경기가 아주 안 좋으니 뽑겠다고 하면 몰려들 거니까."

"그럴 겁니다."

실제로 천지건설을 제외한 나머지 건설사들을 줄줄이 도산 위기에 처해 있다. 아파트 분양은 안 되고, 불황으로 신규 건축은 줄어든 때문이다.

현수가 고개를 끄덕이자 신 사장은 이맛살을 찌푸린다.

"계열사 임원들 이야길 들어보니 러시아에선 레드 마피아를 끼지 않으면 일이 어려워질 수도 있다니 큰일이네."

"맞습니다. 그래서 레드 마피아와 적당히 협력해야죠."

"그러다가 전부를 먹으려 달려들면 어쩌지? 그런 사례가 있다고 들었네."

상당히 조심스런 표정이다. 죽 쒀서 개 주는 일이 될 수 있다 판단한 때문이다.

현수는 사람 좋은 신 사장이 스트레스 받는 걸 원치 않는다. 하여 피식 웃고는 말을 꺼냈다.

"제가 운영하는 이실리프 무역상사의 거래처가 레드 마피아와 관련이 있다는 걸 이번에 알았습니다."

"아, 그래? 별 문제 없나?"

"네, 상당히 호의적입니다. 계산도 깨끗하고요."

"그래? 그럼 러시아에 들어갈 때 그 선을 좀 이용해 보세. 근데 자네가 아는 선은 어디까지인가?"

신 사장은 중간 간부쯤으로 생각하는 모양이다.

"제가 아는 분은 알렉세이 이바노비치라는 사람으로 모스크바의 밤을 지배하고 있습니다."

"뭐? 그, 그럼 레드 마피아의 보스가 아닌가?"

"그렇습니다. 그러니 큰 걱정 마십시오."

"오오! 이럴 수가! 내가 그것 때문에 얼마나 고심했는지 아는가? 혹시 잘못될까 싶어 잠도 못 잤네."

"에이, 설마요! 멀쩡해 보이시는데요?"

현수가 피식 웃자 진심이라는 듯 손사래를 친다.

"아냐. 진짜 걱정 많이 했네. 우리 직원들을 파견했는데 놈들에게 총 맞아 죽으면 어쩌나 했거든."

"서울에 오기 전 이바노비치 보스를 만났습니다. 그 자리에서 가스전 개발 공사와 파이프라인 연결 공사에 필요한 러시아 인력을 부탁드렸습니다. 아마 사람이 없어서 일을 못하는 사태는 벌어지지 않을 겁니다."

"고맙네. 자네 덕에 한숨 덜었네. 휴우~! 자네가 그 무역 상사인지 뭔지를 한다고 하는 걸 안 말리길 잘했네."

"그러셨어요?"

CHAPTER 02
사라진 금과

"그래, 자네 과장으로 진급하기 전에 그 때문에 말이 많았
네. 알다시피 겸직을 금지하는 사규가 있지 않은가."

신 사장의 말대로 이전의 천지건설 사규엔 일체의 다른 직
업을 겸할 수 없다는 내용이 있었다. 그런데 이것은 현수가
과장이 되기 직전에 다음과 같이 수정되었다.

전) 천지건설 입직원은 어떠한 경우에도 겸직할 수 없다. 겸직
하고 있음이 발견되면 즉시 파면 조치를 취한다. 아울러 그로 인
해 회사가 입은 손해를 배상케 한다.

후) 천지건설 임직원은 회사 업무에 지장을 주지 않는 선에서 겸직할 수 있으나 사전에 회사의 승인을 득해야 한다.

당시 신 사장은 공을 세운 현수가 퇴사당하지 않게 하려 이사회를 소집하여 부랴부랴 이렇게 바꾸었던 것이다.

"러시아에서의 공사 중 가장 큰 난관은 날씨입니다. 시베리아의 겨울은 인간이 감내해 내기엔 너무나 춥잖아요."

"그래, 겨울철 평균 기온이 −50℃라는 말은 들었네."

시베리아의 대표적인 도시 베르호얀스크의 1월 평균 기온은 −46.4℃이다. 펄펄 끓는 물을 허공에 뿌리면 곧바로 눈이 되는 온도이다.

아주 추울 때엔 −70℃ 이하로 떨어지기도 한다.

이 도시가 가장 더운 여름철 기온은 우리나라의 가을 날씨 정도 되는 15.3℃에 불과하다.

1년 중 평균 기온이 영상에 머무는 달은 5월부터 9월까지 불과 5개월뿐이다. 나머진 모두 영하를 기록한다.

건설 현장은 특성상 거의 대부분이 옥외 작업이다. 그런데 기온이 이러면 일하기 정말 곤혹스럽다.

추워서 몸이 굳는 것은 둘째이다. 손가락, 발가락, 그리고 귀와 코 끝의 동상을 먼저 걱정해야 한다.

동상이란 추운 환경에 노출된 신체 부위가 생리적인 보상 기전의 작용 실패로 조직의 손상이 발생하는 것이다.

심하면 절단하여야 한다. 다시 말해 돈 몇 푼 벌자고 시베리아 현장으로 갔다가 평생 장애를 얻을 수도 있다는 뜻이다.

공사가 시작될 야쿠티아 공화국은 동시베리아 북서쪽에 위치해 있다. 국토의 40%가 북극권에 속하고, 전 면적의 2/3는 산지와 고원이다.

북동부는 베르호얀스크, 체르스크 산맥이고, 남부는 알단 고원이고, 서부는 시베리아 대지이다. 중앙부와 북동쪽에만 평지가 있을 뿐이다.

국민은 바이칼호 연안에서 레나강 유역으로 이동해 온 터키계의 야쿠트인과 러시아인이 대부분이다.

이들은 주로 중부 지역에 머문다.

최근 야쿠티아 공화국 정부는 늑대와의 전쟁을 선포했다. 늑대들이 공화국을 공격하는 수준으로 극성을 부리기 때문이다.

이에 공화국 정부가 특수 사냥꾼 여단을 동원했다고 한다.

여단[Brigade]은 사단급의 화력을 발휘할 수 있는 독립 부대의 성격으로 존재한다.

따라서 여단은 비록 규모가 작더라도 일반적으로 사단과 동급의 부대 단위로 인식되고 있다. 참고로 러시아 육군의 여단은 4,000~5,000명의 병력으로 이루어져 있다.

극악한 날씨와 굶주린 늑대 떼가 우글거리는 곳이니 생각한 것보다도 훨씬 어려운 공사가 될 수 있다.

"근데 그 추운 곳에서 작업하려면 무엇을 준비해야 할까?"

"당연히 방한 의류 등 각종 장구에 각별히 신경 써야죠."

"영하 50도를 견뎌낼 만한 방한 의류가 있을까?"

신 사장은 걱정된다는 표정이다. 현수는 피식 웃었다.

"있으니 걱정 마십시오."

"그런 게 있어?"

말도 안 된다는 표정이다. 대한민국은 영하 50도 이하로 떨어져 본 적이 없는 곳이기 때문이다.

"네, 이실리프 어패럴이란 회사가 있습니다."

"이실리프? 설마 그것도 자네 것인가?"

"어쩌다 보니 의류회사도 갖게 되었습니다."

"하여간 자넨……."

신 사장을 할 말을 잃었다는 표정이다. 그 많은 일을 하고 돌아다니면서 어떻게 그럴 정신이 있었느냐는 뜻이다.

그러거나 말거나 현수는 싱긋 웃으며 말을 이었다.

"그 회사가 요즘 새롭게 발매하려는 의류가 있습니다. 항온 의류라는 겁니다."

"항온? 뭐라고?"

잠깐 말을 놓친 듯 반문한다.

"항온 의류요."

"그게 뭔가? 항온 의류라면 옷이 일정한 온도를 가진다는 뜻인가? 그런 건가?"

"그보다는 의복 내부의 공기 온도를 조절하여 체온이 일정하게 유지되도록 돕는다는 표현이 맞을 겁니다. 현재로선 두 가지 종류가 있는데 여름용은 서늘한 기분을 느끼게 하는 것이고, 겨울용은 따뜻함을 부여하는 겁니다."

말을 듣는 동안 신 사장의 표정이 묘하게 바뀐다.

"원, 세상에 어떻게 그런 옷이……! 그래, 그 옷은 비싼가?"

"당연히 비싸지요, 첨단 기술이 접목된 거니까요."

"어, 얼마쯤 하나? 그리고 뭐로 유지되지? 배터리를 쓰나?"

"주한미군에 군복으로 10만 벌을 납품할 건데 현재로선 36만 원 정도 예상하고 있습니다. 그리고 배터리 같은 건 쓰지 않습니다."

"36만 원? 흐음, 생각보단 값이 싸네. 근데 배터리 같은 걸 쓰지 않으면 뭐로 항온이 가능하게 하지?"

"첨단 기술이지요. 그래서 별도의 배터리 같은 것을 필요로 하지 않습니다. 유효 기간은 대략 3년 정도로 보고 있습니다."

"뭐, 3년? 그동안 아무런 동력도 필요 없어?"

"네, 그러니까 첨단 기술이 접목된 의류지요."

현수가 싱긋 웃음 짓자 신 사장은 허탈하다는 표정이다.

'세상에 이런 일이!' 라는 프로그램에 나올 만큼 대단한데 너무나 쉽게 말하고 있기 때문이다.

"그 옷, 자네가 방금 말한 그 옷 샘플은 있나?"

"당연히 있죠. 조만간 가져올 겁니다. 그리고 콩고민주공화국 현장과 가스전 현장에서 쓸 건 따로 제작할 겁니다. 우리 회사 로고가 들어가야 하지 않겠습니까?"

"그, 그렇지. 뿐만이 아니라 우리 천지건설, 아니, 회장님께 말씀드릴 터이니 우리 천지그룹 임직원 전체가 입을 옷도 만들어주게."

"네, 준비시키지요."

현수는 고개를 끄덕였다. 천지그룹 임직원 전체라면 그 수효가 만만치 않게 많다.

입어본 사람이라면 가족을 위해 더 구입할 것이다. 그리고 소문이 번지고 번지게 될 것이다.

그럼 TV나 신문에 광고하지 않아도 된다. 이실리프 어패럴로서는 꿩 먹고 알 먹는 일이다.

"하하, 이제 그 옷 덕분에 여름엔 냉방비를, 겨울엔 난방비를 획기적으로 낮추겠군."

신 사장의 이런 생각은 현실로 이루어진다.

천지건설 사옥뿐만 아니라 전국의 지사와 현장 사무소에서 납부하는 전기요금을 합하면 어마어마하다.

그런데 이실리프 어패럴에서 만든 근무복을 걸치기 시작한 이후 여름이면 모든 에어컨의 실외기가 멈춘다.

겨울에도 손님이 드나드는 공간을 제외하곤 별도의 난방을 하지 않는다. 춥지도 덥지도 않기 때문이다.

이는 임직원들의 가정까지 파급된다. 그리고 나중에는 천지그룹과 관련 없는 일반 가정도 에어컨과 난로를 줄여 쓴다.

그만큼 항온 의복이 보급되기 때문이다.

정부는 2012년부터 에너지 부족으로 인한 블랙아웃[1]을 심각하게 걱정했다. 2013년 1월엔 '겨울철 정전 대비 위기 대응 훈련'을 실시했다.

블랙아웃이 발생되면 정전이 점점 번져 국가 전체가 암흑기로 접어든다. 일반 전화와 휴대전화, 인터넷은 당연히 사용불능이 된다. 모든 방송이 중단되며 지하철은 정지한다.

신호등이 먹통이 되면서 자동차의 운행도 어렵다. 모든 은행과 관공서, 상점은 문을 닫는다.

공장들도 당연히 멈춘다.

물은 나오지 않을 것이다. 가스도 공급되치 않는다.

블랙아웃은 국가 경제를 퇴보시키고 생존을 위협하는 것

---

1) 블랙 아웃(Black Out):대정전 사태. 필요한 양만큼의 전기를 충분히 발전하지 못하여 일어나는 현상. 암세포처럼 번져 나가 종국엔 전국의 모든 불이 꺼지게 됨.

이다. 그리고 졸지에 18세기쯤으로 되돌아가게 만드는 것이다.

실제로 2004년 미국에서 블랙아웃 사태가 벌어졌다.

초고압 송전 선로가 나무에 접촉하면서 누전이 일어났다.

이로 인해 그 지역 전기가 부족해졌다. 그리고 정전이 점점 번져 뉴욕 등 동부 지역 전체가 멈췄다.

사흘 만에 간신히 복구된 이 사태로 인해 60억 달러 이상의 손실을 입었으며, 5천만 명 이상이 생고생을 했다.

한국은 23기의 원전 가운데 고리3호, 영광3호, 울진4호, 울진6기가 계획 예방 정비로 가동 중단된 상태이다.

여기에 추가로 원전 고장이 발생되면서 열대야나 강추위가 계속되면 블랙아웃이 심각하게 우려된다.

정도에 따라 다르겠지만 이런 일이 벌어지면 복구하는 데만 3일~10일 정도 걸린다고 추정하고 있다.

발전소를 가동시킬 전력부터 만들어내야 하기 때문이다.

만일 국가 전체가 10일간 전기 없이 보낸다면 어떤 일이 일어나겠는가!

병원의 환자들은 수없이 죽을 것이고, 고층 아파트에 사는 노인들은 한번 외출하면 집으로 돌아가지 못할 것이다.

그런데 항온 의류가 그것에 대한 위험성을 현저하게 낮춰줄 수 있다. 이것은 현수가 미처 생각지 못한 영향이다.

실제로 항온 의류가 주는 파급 효과는 상당하다. 이건 나중에 일어날 일이다.

신형섭 사장은 문득 생각났다는 듯 현수를 바라본다.

"근데 옷만 따뜻하면 뭐하나? 머리야 모자를 쓰면 된다지만 손과 발이 시린 건 어떻게 하나? 그런 장갑도 있나?"

"물론 있지요. 항온 부츠와 항온 장갑도 제작 가능합니다."

현수가 자신 있게 고개를 끄덕이자 세웠던 허리를 낮춘다.

"아, 그래? 그렇다면 안심이네."

춥디추운 동토에 직원들을 파견할 생각을 했던 신 사장은 적이 안심된다는 듯 소파 깊숙이 몸을 묻는다.

이제 마음이 편하다는 뜻이다.

"참, 조 대리는 어찌 된 건가? 자네 결혼한다고 짜증내고 그럴 줄 알았는데 너무 멀쩡해."

"아, 그거요? 제가 아는 형님을 소개해 줬습니다. 왜 전에 말씀드렸던 S대 건축과를 나온……."

"아! 그 친구? 하하, 다행이구만. 다행이야."

조 대리를 아끼는 신 사장이기에 현수 때문에 마음에 상처를 입을까 저어했던 모양이다.

"흐음, 그럼 이제 어찌할 건가? 북한에 대해 공부를 하면 곧바로 들어갈 건가?"

"그래야지요. 그전에 그쪽에 선부터 대야지요."

"그래, 그럼 친 러시아 인사가 누군지는 내가 수배해 줌세."

"고맙습니다. 한결 일이 덜어지겠습니다."

"후후, 내가 누군가? 나만 믿게."

"하하, 네에."

현수는 신 사장과 담소를 나누었다.

*　　　　*　　　　*

현수가 신 사장과 담소를 나누고 있는 시각, 다섯 개의 화살을 하나로 묶은 문장이 보이는 어떤 방에선 누군가가 버럭 소리를 지른다. 사실 방이라 하기엔 너무나 큰 공간이다.

사방 벽은 화려하게 장식되어 있고, 모든 집기는 고풍스러우면서도 우아한 분위기를 만들어내고 있다.

다만 한 인간이 핏대를 세우고 있을 뿐이다.

"뭐야? 뭐가 어떻게 되었다고?"

"주인님, 지하 창고에 보관하고 있던 금괴가… 금괴가 모두 사라졌습니다."

"그게 무슨 소리야? 금고에 있던 금괴가 모두 사라지다니? 그게 말이 돼? 도둑 든 거야?"

"아, 아닙니다. 그럴 수 없다는 걸 잘 아시지 않습니까?"

"그래, 그런데? 왜? 돈을 처발라서 온갖 첨단 장비를 다 갖췄는데 그게 왜 없어져?"

버럭 화를 내고 있는 사내는 마흔 살쯤 된 장년인이다.

에블린 로스차일드의 장남인 이 사내는 현재 영국 버킹엄셔(Buckinghamshire)에 위치한 로스차일드 저택의 주인 피터 로스차일드이다.

이 저택의 지하엔 거대한 금고가 있다. 미국 뉴욕에 있는 연방준비은행(FRB) 금고에 버금갈 것이다.

피터 로스차일드가 말한 대로 온갖 도난 방지 장치가 설치되어 있고, 무장한 경비원들이 24시간 지키는 곳이다.

탱크가 동원된다 하더라도 쉽게 털 수 없다.

그런데 그 금고 내의 금괴가 모두 사라졌다고 한다.

"가만, 이러고 있을 게 아니라 내가 내려가 보겠어."

"네, 주인님!"

로스차일드가의 집사 엘버튼은 피터의 뒤를 따르며 연신 고개를 갸웃거린다. 도저히 믿을 수 없는 일이 벌어진 때문이다.

"뭐야? 이거… 왜 아무것도 없어? 이게 어떻게 된 일이야? 로렌, 말을 해봐! 이게 어찌 된 일이지?"

피터의 시선을 받은 로렌은 지하 금고 경비대장이다.

"그, 그게… 저희도 어찌 된 영문인지……. 지금 조사 중에 있습니다. 조, 조금만 기다려 주시면… 죄송합니다.

로렌은 고개를 푹 숙인다. 면목이 없어서이다.

이곳은 드나드는 인물 모두 CCTV에 찍힌다.

그리고 일지엔 누가 몇 시가 들어갔다 몇 시에 나왔는지, 안에선 어떤 일을 했는지 모두 기록하게 되어 있다.

이는 경비원들도 마찬가지이다. 근무 전과 근무 후의 체중 변화까지 기록한다.

로스차일드 저택의 집사인 엘버튼은 물론이고 경비대장인 로렌도 피할 수 없는 규칙이다.

딱 하나, 피터 로스차일드만이 자유롭게 드나든다.

이런 철저한 보안으로 보호되는 금고 안의 금괴와 보석이 모두 사라졌다.

피터는 사흘 전 러시아로부터 89톤을 받았다. 이것들은 면밀한 조사 끝에 순도 99.9%라는 것을 확인받아야 했다.

모든 절차를 마친 뒤 바로 이곳 지하 금고로 옮겨졌다.

이곳엔 금괴 106톤가량이 있었다. 또한 그동안 수집한 각종 보석도 보관되었다. 그런데 모두 사라졌다.

먼지조차 보이지 않는다!

피터 로스차일드가 펄펄 뛸 때 집사 엘버튼과 경비대장 로렌은 망연자실한 표정을 짓고 있다.

이곳에 있다 사라진 금괴의 가치만 12조 8,000억 원어치이다. 보석은 약 5,000억 원의 가치를 지닌 것이다. 미국의 소더비와 영국의 크리스티 경매장 등을 통해 매입한 가격이다.

합계 13조 3,000억 원이 감쪽같이 사라졌다.

그런데 범인이 드나든 흔적이 없다.

CCTV 녹화 기록을 뒤진 결과 어젯밤 금괴를 옮겨놓은 이후 어느 누구도 드나들지 않았다.

천장과 벽, 그리고 바닥 역시 아무런 이상이 없다.

귀신이 와서 그 무거운 금괴를 가져갔을 리 없다. 그런데 현실은 그렇지 않다. 금괴와 보석 모두 사라졌다.

이것들은 보험에도 가입되지 않은 것이다. 따라서 경찰에 신고한다 하더라도 단 한 푼의 보상도 받을 수 없다.

아무리 돈이 많은 로스차일드 가문이라 할지라도 122억 5천만 달러가 넘는 손해는 타격이 된다.

그렇기에 피터는 미친놈처럼 길길이 뛰고 있다.

이 모든 일은 현수가 푸틴에게 빌려준 금괴 때문에 일어난 것이다. 금괴를 받아갈 장본인이 유태 자본의 대명사격인 로스차일드라는 말을 들었을 때 현수는 꾀를 냈다.

모든 금괴에 눈에 보이지 않는 마법진을 그려 넣은 것이다.

금괴가 러시아에 도착하면 이것들은 반환을 위한 이동을 하게 된다. 푸틴은 가급적 빨리 금괴를 돌려줄 것이라

하였다.

하여 금괴가 한 장소에 하루 이상 머물게 되면 아공간으로 회수되도록 했다.

그런데 로스차일드에 금괴가 반환되면 검사를 위해 녹여 보는 등의 조치가 취해질 수 있다.

물론 전체가 아닌 일부일 것이다. 하여 금괴를 기준으로 1m 안에 든 것이 함께 옮겨지도록 했다. 이렇게 하면 하나도 빠짐없이 모두 회수될 것이라 생각한 것이다.

그런데 생각지 못한 부작용으로 로스차일드 저택 지하 금고에 있던 금괴 106톤이 보너스로 딸려왔다.

뿐만 아니라 상질의 다이아몬드, 루비, 에메랄드 등을 포함한 5천억 원 상당의 보석까지 같이 왔다.

꿩도 먹고 알까지 먹는 일이 된 것이다.

아무튼 피터가 고래고래 소리를 지를 때 서울에 있는 현수는 귀를 긁는다.

'아, 근데 누가 내 욕하고 있나? 왜 이렇게 간지럽지?'

새끼손가락을 넣어 귀를 후빈 현수는 손가락 끝에 묻은 귀지를 혹 불어낸다. 그리곤 해외영업부로 걸음을 옮겼다.

"아! 어서 오십시오, 전무님!"

자재과 사무실 문을 열고 들어서자 눈이 마주친 윤 대리가 얼른 자리에서 일어서 정중히 고개를 숙인다.

그와 동시에 모든 직원의 시선이 쏠린다.

쑥스러움을 느낀 현수는 걸음을 빨리하여 해외영업부 부장실의 문을 노크했다.

똑, 똑, 똑!

"…누구야? 들어와."

문을 열자 돌아앉은 최 부장의 뒷모습이 보인다. 창턱에 구두 신은 발을 얹은 채 의자에 기대 있다.

"결재받을 거 있으면 책상에 놓고 나가."

"……!"

"못 들었어? 책상에 내려놓고 나가 있어."

상당히 짜증 섞인 음성이다.

"최 부장님, 면담 좀 하고 싶어서 왔는데 바쁘십니까?"

"누구야? 누가 허락도 없이……. 헉! 저, 전무님! 여, 여긴 어쩐 일로……. 어, 어서 오십시오."

빙글 의자를 돌리며 짜증을 내던 최 부장의 얼굴이 삽시간에 탈색된다. 그리곤 지나칠 정도로 굽실거린다.

"바쁘시면 나중에 봬도 되는데……."

"아, 아닙니다. 아, 앉으십시오."

조금 전까지 최 부장은 짜증나는 기억 때문에 불쾌했다.

근본도 모를 신입 하나가 해외영업부에 배속되어 콩고민

주공화국으로 보냈다. 그런데 그놈은 까마득히 높은 전무이사가 되어버렸다.

그뿐이 아니다. 쓸모없는 인원이라 판단하여 만년 과장 하나를 일찌감치 킨샤사로 보냈다. 그런데 이놈은 자신보다 한 계급 높은 이사가 되었다.

그런데 자신은 뭔가? 손바닥의 지문이 사라질 정도로 비비고 또 비볐건만 여전히 부장이다.

박준태 전무라는 동아줄을 잡았었다. 그런데 허당이다. 그 양반은 자기 앞가림하기에도 바쁘다. 실력으로 그 자리에 오른 것이 아니라 낙하산이기 때문이다.

이런저런 생각에 짜증이 나서 오늘 저녁엔 누구와 술을 마시나 생각했다. 그런데 그것도 짜증난다.

해외영업부에 속한 부하 직원들이 자신만 보면 슬슬 피한다는 것을 느낀 때문이다. 다시 말해 진심으로 충성하는 직원이 없다는 것이다.

아무튼 현재 최 부장은 대경실색한 상태이다.

느닷없는 출현도 출현이지만 실세 중의 실세인 김현수 전무에게 짜증냈다는 것이 마음에 걸린 때문이다.

"명색이 기획영업단 단장이고 천지건설 영업 전반을 아우르는 직책에 있으면서도 최 부장님에게 도움이 되지 못하는 것이 마음에 걸려 왔습니다."

"아이고, 무슨 말씀을……. 그런 말씀 하지 마십시오. 저야말로 전무님을 제대로 받쳐 드리지 못한 것이 송구스럽습니다."

송구(悚懼)스럽다는 표현은 어떤 일을 함에 있어 아랫사람이 윗사람에게 몹시 죄스러움을 느낄 때 사용하는 어휘이다.

직급은 높지만 현수가 훨씬 어리니 이런 땐 유감(遺憾)스럽다는 표현 정도가 적당할 것이다.

그럼에도 이런 말을 쓰는 것은 아부하고자 함이 아니다. 너무나 당황하여 적절한 어휘를 선택할 정신조차 없기 때문이다.

최 부장은 조금 전 혼자서 중얼거린 말이 있다.

물론 현수와 이춘만 이사를 씹는 말이다. 그걸 들었을까 싶어 전전긍긍하기에도 바쁜 것이다.

"거두절미하고, 브라질 리우데자네이루 재건축 사업에 관한 내용을 알고 싶습니다. 간단한 브리핑이었으면 좋겠습니다."

"아! 그건……. 잠시만 기다리십시오."

최 부장은 황급히 밖으로 나갔다. 그리곤 직원들에게 뭔가를 지시한다.

"전무님, 5분쯤 계시다가 저쪽 세미나실로 자리를 옮기시죠. 빔 프로젝터가 저쪽에 있어 그렇습니다."

"그래요? 알았습니다."

고개를 끄덕인 현수는 박진영 과장에게 전화를 걸었다.

뚜르르르! 뚜르르르ー!

"네, 박진영입니다. 전무님!"

"박 과장님, 지금 본사 건물에 있습니까?"

"네, 기획영업단 사무실에 있습니다."

"그럼 해외영업부 세미나실로 내려오세요."

"네, 알겠습니다."

박진영 과장은 아주 깍듯하게 전화를 받았다.

통화 종료 버튼을 건드리면서 현수는 고개를 갸웃거렸다. 이전과는 달라졌다는 느낌이 든 때문이다.

이는 이연서 회장과 밀접한 관계가 있다. 현수가 유니콘 아일랜드로 내려간 다음 날 이 회장은 계열사 순시에 나섰다.

천지건설도 당연히 방문했다. 이날 이창진 천지건설 회장 및 신형섭 사장, 그리고 박준태 전무가 따라다니며 수행했다.

쭉 둘러본 이 회장은 임원진에게 노고가 많다면서 저녁을 샀다. 이 자리에서 김현수 전무에 대한 이야기가 나왔다.

연희가 있어 손서가 된다는 사실과 러시아 가스전 개발 공사 및 파이프라인 공사를 땄다는 이야기는 하지 않았다.

둘 다 극비이기 때문이다.

대신 자신이 얼마나 김현수 전무를 아끼는지에 대한 이야기를 했다. 그리곤 조만간 승진 인사를 단행할 것이란 뉘앙스를 풍겼다.

천지그룹은 요즘 콩고민주공화국에서 온갖 공사를 다 주워 먹는 중이다. 건설은 물론이고 정유, 전자, 통신 부문은 거의 싹쓸이하다시피 하고 있다.

그룹 전략기획실장의 보고에 의하면 천지그룹이 100년간 할 일이 단기간에 수주되거나 이루어지는 중이다.

이것은 김현수라는 개인이 가진 힘 덕분이다.

따라서 천지건설 전무이사라는 직책은 공에 비해 너무나 작다고 평했다. 이연서 회장의 입에서 나온 말이기에 임원진은 긴장했다. 전무이사보다 더 높다면 부사장, 사장, 부회장, 회장 이렇게 네 자리뿐이다.

각기 한 명씩인 T.O[2]이다. 이 회장이 겨우 한 등급 올려 부사장에 임명할 것이라곤 아무도 생각지 않았다.

그렇다면 사장, 부회장, 회장의 순이다. 사장은 신형섭이, 회장은 이 회장의 아들인 이창진이 맡고 있다.

그렇다면 부회장이 될 확률이 매우 높다고 생각했다. 이 경우 티오를 하나 늘릴 것이란 의견이 지배적이다.

나이 29세에 재벌 그룹 계열사 부회장이 된 사람이 얼마나

---

2) 티오(Table of Organization):정원(定員)

있겠는가! 이는 재벌가의 직계 자손이라 할지라도 없던 일이다. 그렇기에 임원들은 놀라는 표정을 지었다.

박진영 과장은 아버지인 박준태 전무보다도 더 높아질 현수를 더 이상 시기하거나 질투하지 않기로 했다.

손에 닿을 수 없는 저 높은 곳으로 올라간 존재쯤으로 여기기로 한 것이다. 그 순간부터 마음이 편했다.

나이가 어린 것도 문제되지 않고, 강연희를 빼앗아 간 것도 더 이상 마음 쓰이지 않는다.

게다가 소문에 의하면 크리스마스이브에 권지현이란 아가씨와 결혼을 한다고 한다. 이는 자신을 버리고 간 연희가 현수로부터 버림받았다는 것을 의미한다. 그렇다면 아직 기회가 남아 있다 생각하였기에 현수에 대한 적의를 버린 것이다.

"에, 이것으로 브라질 리우데자네이루 주거 환경 개선 사업에 대한 브리핑을 마치도록 하겠습니다. 혹시 물으실 것이 있습니까?"

지금껏 지시봉 대신 사용하던 레이저 포인터를 끄며 최 부장이 한 말이다. 이 자리엔 해외영업부 차장 및 과장 전원이 배석해 있고, 박진영 과장도 있다.

현수는 최 부장이 어떻게 해서 해외영업부의 총책임자가 되었는지 알 수 있었다.

브리핑은 간결하면서도 짚을 것은 모두 짚어 탁월했다.

뿐만 아니라 업무 전반에 대해 소상히 파악하고 있음도 알수 있었다. 신 사장의 말대로 업무 능력 하나는 괜찮다.

"수고하셨습니다. 제가 궁금한 것 대부분이 파악되었습니다. 추가로 발생되는 것이 있으면 기획영업단에도 사본 한 부를 보내주십시오."

"네, 전무님! 앞으로 작성되는 서류는 전부 보내겠습니다."

최 부장은 당연하다는 듯 고개를 숙인다.

"자, 이제 저는 갑니다. 박 과장님, 갑시다."

"네, 전무님!'

박진영 과장의 뒤를 따라 34층에 위치한 기획영업단 사무실로 향했다. 문을 열고 들어가니 못 보던 얼굴 셋이 있다. 뭔가 작업을 하고 있었는데 현수가 들어서자 일제히 일어선다.

"어서 오십시오, 전무님."

"안녕하세요?'

"처음 뵙습니다."

현수는 자연스럽게 박진영 과장을 바라보았다.

"기획영업단 업무를 지원해서 일단 받았습니다. 개발사업부와 공무부, 그리고 총무부에 근무하던 직원들입니다."

"우리 부서의 업무가 많아졌습니까?'

"전무님께서 브라질 주거 환경 개선 사업에 관심 가지신 것 같아서 그쪽 관련 자료를 수집하고 분석하는 중입니다. 당연히 저 혼자 힘으론 어려워서 이들의 도움을 받고 있었습니다."

"그래요? 알겠습니다."

꿰다 놓은 보릿자루처럼 불안한 시선으로 둘의 대화를 듣고 있는 직원들을 바라보았다.

혹시 원래의 부서로 되돌아가라는 말이 나올까 싶어 그러는지 잔뜩 긴장해 있다.

"환영합니다. 앞으로 잘해봅시다."

"네, 전무님! 저는 개발사업부에서 온 김지윤입니다. 특기는 자료 수집 및 분석입니다."

"저는 공무부에서 온 황만규입니다. 건설 사업 전반에 대한 업무를 할 수 있습니다."

"저는 총무부에서 지원한 구본홍입니다. 관공서 쪽 일에 자신 있습니다."

"좋아요. 나는 해외업무가 많아서 자주 자리를 비울 겁니다. 그러니 없는 동안엔 여기 있는 박진영 과장님의 지휘를 받으세요. 이따 퇴근 후에 가지 말고 남아요. 회식 한번 합시다."

"네, 전무님!"

쫓겨나지 않고 실세 중의 실세가 있는 기획영업단에 남게 된 것이 좋은지 다들 웃는 낯이다.

전무실로 들어간 현수는 박진영 과장에게 몇 가지 지시를 내렸다. 그리곤 인터넷으로 자료 검색을 했다.

"전무님, 한전과 통화되었습니다."

"그래요? 몇 시에 어디로 가면 되죠?"

"3시, 마포구 당인동입니다. 제가 모실까요?"

"아닙니다. 혼자 가도 됩니다."

"알겠습니다. 도착하셔서 김종인 소장님을 찾으라고 합니다."

"네, 수고했습니다."

현수가 고개를 끄덕이자 박진영 과장이 물러간다.

시계를 보니 곧 출발해야 할 것 같아 지하 주차장으로 내려갔다. 임원 전용 주차장에 스피드가 얌전히 기다리고 있는 중이다.

부우우우웅―!

단번에 시동이 걸린다. 하여 안전벨트를 매고 출발하려는데 휴대폰이 진동한다.

찌이이잉, 찌이이이잉!

화면을 보니 모르는 번호가 찍혀 있다.

"흠, 누구지? 여보세요."

"아, 안녕하십니까? 천지건설 김현수 전무님이시죠?"

"네, 그렇습니다만, 누구십니까?"

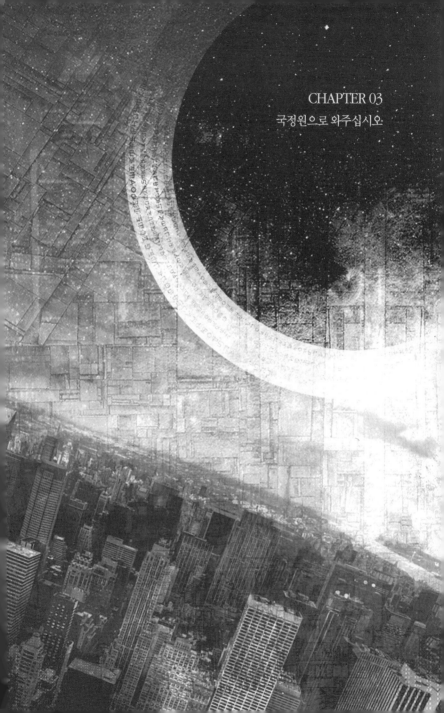

CHAPTER 03
국정원으로 와주십시오

"국정원 엄규백 요원입니다. 바쁘시겠지만 내곡동으로 와
주실 수 있는지요?"

"내곡동이요?"

"네, 저희 차장님께서 뵙고 싶어 하십니다."

현수는 짚이는 것이 있었다.

"혹시 3차장님이신 겁니까?"

"네, 그렇게 알고 오시면 됩니다. 언제 오실 건지요?"

"오늘은 어렵고 내일 가죠. 도착해서 전화하면 되나요?"

"네, 출발 전에 전화 주시면 제가 나가겠습니다."

"흐음, 좋아요. 그럼 그러죠."

짧게 통화를 마친 현수는 고개를 갸웃거렸다. 국정원 3차장은 대북 업무를 맡고 있다. 자신은 아직 북한에 들어가지 않았고, 접촉 승인은 대통령이 나서서 해준 것으로 알고 있다.

대통령이 승인한 걸 국정원에서 걸고넘어질 수도 있나 하는 생각을 해보니 아닌 것 같다. 그랬다간 국정원장 본인의 자리가 위험해질 수도 있기 때문이다.

"대체 왜 보자고 하는 거지?"

고개를 갸웃거렸지만 현재로선 아무것도 알 수 없기에 일단 출발했다.

당인동 발전소에 당도하니 경비가 방문 목적을 묻는다.

"어떻게 오셨습니까?"

젊은 놈이 스포츠카를 몰고 왔으니 잘못 온 게 확실하다는 표정이다. 하긴 누가 이런 차를 몰고 발전소로 가겠는가!

"김종인 소장님을 뵈러 왔습니다."

"누구요?"

맨날 듣던 이름이지만 혹시 잘못 들었나 싶어 반문한다.

"김종인 발전소장님이요. 안 계신가요? 약속하고 왔는데."

"아! 그럼 천지건설에서 오신 겁니까?"

그렇지 않아도 발전소장으로부터 전갈을 받아 언제 오나 기다리던 중이다. 건설회사에서 온다고 했으니 오프로드를 즐길 수 있는 큼지막한 SUV를 기대하고 있었다.

그런데 날렵한 스포츠카를 타고 왔다. 얼굴을 보면 전혀 기술자처럼 보이지 않는다.

"네, 여기 제 명함입니다."

"아! 그렇습… 헉! 전무님이십니까?"

"네, 어쩌다 보니 어린 나이에 그렇게 되었습니다."

그러고 보니 눈에 익다. 한동안 신문과 방송에 오르내리던 그 인물이다. 경비원은 얼른 허리를 펴며 경례를 붙인다.

"어서 오십시오. 환영합니다. 저기 저쪽에 차를 대고 안으로 들어가시면 됩니다."

경비원의 손짓에 고맙다는 뜻으로 고개를 숙여주곤 안으로 들어섰다. 발전소라 그런지 삭막하다.

"어서 오십시오. 김종인 소장입니다."

"네, 김현수라 합니다. 귀찮게 해드려서 죄송합니다."

"아이고, 아닙니다. 먼저 제 사무실로 가시지요."

"네."

두말 않고 김 소장의 뒤를 따라 소장실로 들어갔다. 잠시 후 여직원이 커피 두 잔을 내온다.

"본사로부터 연락 받았습니다만 저희 발전소를 방문하신 목적이 뭔지 알아도 되겠습니까?"

"네, 화력발전의 원리를 보다 구체적으로 알고 싶어서요. 그리고 터빈이라는 것도 보고 싶구요."

"혹시 수력발전소로 가서야 하는 거 아닙니까?"

김종인 소장은 천지건설에서 한전에 도급준 것이 잉가댐 수력발전소라는 것을 알기에 하는 말이다.

"네, 수력발전소에도 가볼 생각입니다. 그보다는 화력발전에 더 흥미가 있어서요."

"……?"

건설회사 임원이 왜 이런 데 관심을 갖나 싶은 모양이다.

이쯤 되면 납득할 만한 설명이 필요하다. 그래야 조금 더 자세하고 친절한 안내를 받을 수 있을 것이기 때문이다.

"콩고민주공화국엔 수력발전소만 만들어지는 게 아닙니다. 곳곳에 화력발전소가 필요하지요. 그런데 제가 그 과정을 모르면 설명할 수 없어 견학을 요청 드린 겁니다."

"아! 그렇습니까?"

김 소장은 알았다는 듯 고개를 끄덕인다.

눈앞의 이 대단한 젊은이는 혼자서 엄청난 공사를 따오는 사람이다. 만일 화력발전소 신설 공사를 따온다면 그중 설비는 한전에 도급될 것이 분명하다.

당연히 자세히 알려줘야 한다.

나중에라도 당인동 발전소를 방문했는데 자세히 알려주지 않았다는 말이 나오면 진급하는 데 애로가 있기 때문이다.

커피잔이 비자 김종인 소장은 정말 친절하고 자세한 안내를 시작했다. 덕분에 화력발전의 원리를 정확히 이해하게 되었다.

화력발전의 효율을 높이려면 먼저 보일러의 기술을 발전, 보완하는 것이 필요하다.

환경을 생각한다면 발생되는 이산화탄소를 제로화하는 기술도 필요하다. 다행히 이 기술은 이미 개발되어 있다.

보일러를 살피면서 현수는 어찌 개선할지 생각해 보았다. 하지만 아직은 보일러 전반에 대한 이해가 부족한 상황인지라 즉답은 나오지 않았다.

다이어리엔 보일러에 대한 보다 자세한 내용을 알아봐야 한다고 메모했다.

다음에 본 건 원동기와 터빈이다. 이것 역시 효율이 낮다. 30~40%로 추정한다고 한다.

기계적 효율이 어째서 이 정도냐 물었다. 김 소장은 열역학적 사이클의 원리를 설명한다.

엔진의 경우 오토사이클, 터빈의 경우 직접 연소 시 브레이톤 사이클, 증기를 이용할 경우 랭킨 사이클의 열역학적 원리를 따져서 설명한다.

결론은 열역학법칙에 의해서 일정한 수준의 효율밖에 나올 수 없다는 것이다. 그래서 발전에 사용된 30~40%의 에너지를 제외한 열은 모두 손실되는 것이다.

모든 견학을 마치고 전체적인 설명을 부탁했다.

김 소장은 화력발전의 효율을 37~41%로 추정했다.

순수 발전 효율은 45~50%이지만 여기에 보일러 등에서 발생하는 열 손실이 더해지면 39~43%로 떨어진다.

그리고 투입된 열에너지의 3~7% 정도가 발전 시설 전체의 운용에 소요되기 때문이라는 것이다.

견학하는 동안 보고 들은 것들은 꼼꼼하게 메모되었고, 기계적인 것들은 카메라에 담았다.

"오늘 업무에 바쁘실 텐데 저 때문에 많이 귀찮으셨죠?"

"아이고, 아닙니다. 이것도 다 일인데요."

"감사합니다. 그리고 미안합니다."

"아닙니다. 신경 쓰지 마십시오."

김종인 소장은 주차장까지 내려와 배웅을 해주었다. 아까 보았던 경비원은 나갈 때 경례까지 붙여준다.

현수는 고개 숙여 감사의 뜻을 전했다. 그리곤 곧장 차를 몰아 보일러 제작공장으로 향했다.

당인동 발전소에 설치된 보일러를 제작한 공장이다.

이곳에서도 역시 상당히 친절한 안내를 받을 수 있었다. 심지어 보일러의 설계도면까지 복사해 받았다.

덕분에 보일러에 대한 이해도가 월등히 높아졌다.

보일러 공장은 나선 뒤엔 터빈 제작 공장으로 향했다. 김종인 소장이 미리 전화를 주어 편하게 일을 볼 수 있었다.

"전무님, 볼일 다 보신 겁니까?"

"네. 이제 퇴근이죠?"

"아직이요. 업무 시간이 30분가량 남아 있습니다."

"그래요? 그래도 그냥 나갑시다."

"네, 전무님!"

기획영업단은 본사의 어떤 부서에서도 건드릴 수 없다.

심지어 비리가 저질러지고 있다는 투서가 감사실에 들어가도 조사하지 못한다.

이는 현수가 떠오르는 실세여서가 아니다.

기획영업단은 최근에 만들어진 부서이다.

그러다 보니 사규에 정해져 있는 감사 범위에 들지 않는 상태이다. 그래서 어떤 간섭도 받지 않는다.

기획영업단은 예산이라는 것도 없다. 필요하면 자금부에 신청만 하면 어떤 액수라도 지불하라 되어 있다.

비록 인원은 얼마 되지 않지만 천지건설에서 가장 막강하다. 그리고 이곳의 장(長)은 김현수이다.

사장과 회장의 명에 따라 출근 시간이 정해지지 않은 유일한 인물이다. 다시 말해 내키는 대로 근무해도 된다.

이런 현수가 업무 중단하고 나가자고 한다. 적어도 기획영업단 내에서 이것은 법이다. 그렇기에 박진영 과장은 찍소리 않고 직원들에게 눈짓한다. 빨리 나가자는 뜻이다.

"박 과장님, 근처에 괜찮은 집 있습니까?"

"회식하기엔 고깃집이 괜찮지요. 그리로 모실까요?"

"그럽시다."

현수가 흔쾌히 고개를 끄덕이자 박 과장이 앞장선다. 그렇게 하여 안내된 곳은 더하누라는 고깃집이다.

들어서며 흘깃 간판을 보니 한우 전문점이다. 'The 한우'를 소리 나는 대로 읽어 상호가 만들어진 모양이다.

"전무님, 이 집 고기가 아주 좋아서 이쪽으로 모셨습니다. 괜찮으시죠?"

"네, 좋네요."

현수가 고개를 끄덕이자 박 과장이 종업원에게 뭐라 이야기한다. 그러자 안쪽의 방으로 안내한다.

일행은 현수와 박 과장, 그리고 김지윤 대리와 황만규 주임, 그리고 구본홍 사원 이렇게 다섯이다.

자리에 앉자 주문을 받아간다.

박 과장은 살치살, 꽃살, 치마살, 토시살, 안창살, 제비추리 등 한우 한 마리를 도축했을 때 극소량만 나오는 부위를 맛볼 수 있는 메뉴로 주문했다.

잠시 후, 숯불이 들어오고 밑반찬이 세팅된다. 한눈에 보기에도 먹음직스럽고 청결해 보인다.

종업원은 먼저 제비추리와 살치살을 석쇠에 올려놓는다. 적당히 익혀 바로 먹을 수 있도록 조금씩만 올린다.

그리고 술이 들어왔다. 가장 먼저 김지윤 대리의 눈빛이 달라진다. 지난 며칠간 수집된 자료를 분류하고 파악하느라 야근을 했다고 한다. 하여 술을 못 마셨다면서 입맛을 다신다.

현수가 직원들 잔에 술을 따라주자 황송해하며 받는다. 마지막으로 박 과장이 현수의 잔을 채웠다.

이윽고 모두의 잔이 채워졌다.

"여러분이 기획영업단의 무엇을 보고 지원했는지 모르겠습니다. 하지만 이것 하나만은 분명합니다. 여러분이 바라던 것 이상의 것을 보게 될 겁니다."

"……!"

현수의 말이 이어지는 동안 직원들은 눈빛을 빛낸다.

"저는 자주 자리를 비우겠지만 여러분은 기획영업단을 지켜주십시오. 여러분의 서포트가 제게 힘이 될 날이 곧 올 겁니다. 그리고 나는 혼자 나아가지 않습니다."

"......!"

여전히 말들이 없다. 방금 현수가 한 말의 뜻을 곱씹느라 그런 것이다.

"자, 오늘은 그냥 먹고 마십시다. 그리고 내일부터 더 열심히 일해주십시오. 건배 한번 합시다. 기획영업단을 위하여!"

"위하여!"

쭈우욱―!

모두 단숨에 털어 넣는다. 그리곤 석쇠 위에서 익고 있는 고기 한 점씩을 입에 넣고 씹는다.

회식은 이렇게 시작되었다. 그동안 굶주리기라도 했는지 상당히 많이 먹고 마셨다. 현수도 우스갯소리를 섞어가며 상당히 많이 먹고 마셨다. 하지만 취하지는 않았다.

중간 중간 화장실도 다녀오면서 주위를 둘러보았다. 그러다 우연히 시선이 마주친 사내가 있다.

애인과 식사하는 듯 보이는 그는 서른은 넘긴 듯하다. 평범한 직장인처럼 양복을 입고 있다.

마주 앉은 여인 역시 오피스 걸처럼 단정한 차림이다.

스치듯 보고 지났지만 이 사내를 어디에서 보았다는 느낌이 들어 고개를 갸웃거렸다. 그러다 문득 떠오른 기억이 있다.

오늘 당인동 발전소를 떠나 보일러 공장으로 갈 때 왼쪽 차선의 승합차에 타고 있던 인물이다.

대략 1분 정도 비슷한 위치에 있었다.

그런데 지금 이 자리에 있다. 물론 우연의 일치일 수도 있다. 하지만 본능은 그게 아니라는 신호를 보낸다.

직원들과 뜬금없는 회식을 하게 된 것엔 이유가 있다.

귀국한 이후 누군가가 살펴보는 듯한 느낌을 자주 느꼈다. 그때마다 고개 돌려 살펴봤으나 워낙 사람이 많은 곳이었는지라 누가 주시하는지는 알 수 없었다.

직원들과 회식을 하러 나오면 비교적 좁은 장소로 들어가게 된다. 누군가 지켜보고 있다면 보다 찾아내기 쉬울 것이다. 하여 나오자고 한 것이다.

이곳까지 오는 동안, 그리고 당도한 이후에도 시선이 느껴졌다. 여전히 파악할 수 없었다. 마치 아무도 없는데 현수 혼자 이상하게 생각하는 것처럼 느껴질 정도이다.

그렇다면 둘 중 하나이다. 진짜 아무도 없는 것이 아니라면 누군가 전문가가 따라붙었다는 뜻이다.

화장실을 자주 들락거리는 것도 이를 확인하기 위함이다.

다시 방으로 들어온 현수는 직원들이 따라주는 술을 받아 마셨다. 그리곤 정해진 코스인 양 우르르 노래방으로 몰려 갔다.

불쾌하게 술이 오른 황만규 주임은 넥타이를 풀었다.

구본홍 사원 역시 취한 듯 비틀거렸다. 박진영 과장과 김지윤 대리는 얼굴은 붉었지만 취하진 않은 것 같다.

룸으로 들어간 현수는 직원들이 노래하는 사이에 밖을 살폈다. 누군가 따라왔다면 이쪽을 보고 있을 것이기 때문이다.

'흐음, 누구지? 이경천 검사는 아직 날 모르니 아닐 테고. 그렇다면 강철환 쪽인가?'

기무사는 잠입 미행에 도사들이 많은 곳이다.

그렇다면 지금껏 느껴진 눈길이 이해된다. 저쪽은 전문가이고 이쪽은 아마추어 축에도 못 끼기 때문이다.

'아니면 최세창 대령 쪽일 수도 있겠구나.'

현수가 자신의 짐작이 맞을 것이란 생각을 하고 있을 때 김지윤 대리가 노래 목록이 적힌 책을 들이민다.

"전무님, 전무님도 한 곡 하셔야죠."

"응? 아, 그래요."

현수가 고른 곡은 미스터K가 부른 '담백하라' 라는 곡이다.

영화배우 백윤식이 뮤직비디오에 출연하여 멋지게 립싱크한 곡이다.

차라리 떠나가자. 떠나 버리자. 사랑이 없던 것처럼.
차라리 잘 가 하며 웃어버리자. 뒷모습 멋있어야지.

약간 빠른 박자의 노래가 이어지는 동안 직원들은 모두 일어서서 탬버린을 치며 박자를 맞춰준다.

유명한 곡이 아니라 그런지 따라 부르는 직원은 없다.

현수는 문득 미안한 마음이 들었다.

기혼자가 있는지 모르겠지만 나이 어린 직장 상사를 보필하느라 마음에도 없는 율동을 한다는 느낌을 받은 것이다.

그래도 말리진 않았다. 이게 직장 생활이기 때문이다.

"와아아! 우리 전무님 최고!"

들어올 땐 멀쩡했던 김지윤 대리가 엄지손가락을 치켜들며 다가선다. 들어와서 홀짝거린 맥주 때문에 취한 듯 보인다.

"김 대리도 한 곡 해야죠?"

"그럼요! 저도 한 곡 하겠습니다. 근데 전무님이 좀 도와주십시오."

"하하, 그래요? 제목이 뭡니까?"

"이상우의 바람에 옷깃이 날리듯 골라주세요."

"좋아요. 바람에 옷깃이 날리듯……"

서둘러 노래책을 뒤적여 번호를 눌러주었다.

바람에 옷깃이 날리듯 나도 몰래
먼 길을 걸어오는 나의 마음

밤이면 행여나 그대 오질 않나
내 맘에 등불이 되고 싶네.

잔잔하게 시작된 노래가 점점 커지는가 싶더니 반주만 들리고 김 대리의 음성이 들리지 않는다.

마이크가 고장 났나 싶어 바라보니 화면만 바라보고 서 있다. 그러더니 눈가를 훔치는 동작을 한다.

노래 부르다 가사에 심취하여 눈물을 흘리는 모양이다.

"어이, 김 대리! 왜 노래 부르다 말고 울어? 누가 김 대리 마음 아프게 했어?"

박진영 과장의 말에 김 대리는 얼른 고개를 흔든다. 그리곤 정지 버튼을 누르고 나가 버린다.

"자자, 이번엔 황 주임 한 곡 뽑아야지? 뭐로 부를래?"

"네? 저는……."

황 주임의 노래가 시작되었다. 1절이 끝나고 2절도 끝나 가는데 김 대리가 오지 않는다.

현수는 슬그머니 밖으로 나갔다.

화장실에 가보니 누군가 울고 있다. 여자 화장실 안에 있기에 이브즈드랍 마법까지 써서 확인한 것이다.

'실연당했나? 꽤 예쁘장해서 남자들한테 인기가 많을 텐데. 아무튼 여기 있으니 다행이군. 좀 진정되면 오겠지.'

화장실에서 방으로 돌아가는 동안 주변을 살폈다. 누군가 주시하고 있을 수도 있기 때문이다.

하지만 어떤 느낌도 없었다.

방으로 돌아가니 잠시 후 김 대리가 들어온다. 눈가의 화장이 지워진 것으로 미루어 짐작컨대 실컷 울고 온 모양이다.

"에이, 김 대리, 어딜 그렇게 갔다 와? 자자, 늦게 온 벌로 한 곡 뽑아."

"네, 과장님!"

언제 울었느냐는 듯 밝고 경쾌한 곡을 골라 한 곡 뽑는다. 그러는 모습을 보니 조금 안쓰럽다는 느낌이다. 직장 상사들과 함께 있기에 감정마저 감춘다 생각한 것이다.

"후우! 좀 시원하네."

"네, 전무님은 댁이 워커힐 쪽이시죠? 그럼 죄송하지만 김 대리를 부탁드리겠습니다."

박진영 과장의 말에 시선을 돌려보니 김 대리는 속칭 골뱅이가 되어 있다. 안 보는 사이에 또 술을 마신 모양이다.

"그러죠. 다들 잘 갈 수 있죠?"

"그럼요. 전무님 먼저 들어가십시오."

"알겠습니다. 그럼 내일 회사에서 봅시다."

어느새 연락을 했는지 현수의 스피드가 스르르 다가온다.

대리기사를 부른 것이다.

"전무님, 김 대리는 풍납초등학교 인근이 집이랍니다."

"네, 알았습니다."

현수가 고개를 끄덕이는 순간 차가 출발한다. 조수석에 앉은 현수는 뒷좌석을 보았다. 잠이라도 든 듯 좌석에 기대 있다.

왠지 불쌍해 보인다. 하지만 어쩌겠는가!

현수는 손을 뻗어 김 대리의 가방을 들었다. 지갑을 찾아 집주소를 확인했다. 그리곤 휴대폰을 찾아 번호를 검색했다.

'엄마' 라 쓰인 번호를 찾아 전화를 걸었다. 그런데 받질 않는다. 하여 '우리 집' 이란 번호로 걸었다. 이것 역시 받지 않는다.

그러는 동안 풍납초등학교 인근에 당도했다고 한다. 할 수 없이 내비게이션에 김 대리의 주소를 찍었다.

잠시 후, 아파트 입구에 당도했다.

현수는 김 대리를 내리게 하곤 부축했다. 완전히 곯아떨어진 때문이다.

"으이구! 그나저나 107동 906호면… 저기군."

아파트 입구를 찾았다 싶은데 누군가의 음성이 들린다.

"지윤아! 너 지윤이지? 어머, 누구세요?"

시선을 돌려보니 스웨터를 걸친 40대 후반으로 보이는 아주머니가 묘한 시선으로 바라본다.

"아! 김지윤 대리 어머님이십니까?"

"그런데요. 누구시죠?"

"저는 김 대리와 같은 회사에 근무하는 직원입니다. 오늘 부서 회식이 있었는데 과음해서……. 죄송합니다."

책임자로서 아래 직원이 술에 취할 때까지 내버려 둔 것이 미안하다는 뜻으로 한 사과이다.

그런데 그렇게 받아들이지 않은 모양이다.

"그쪽이 우리 지윤이 마음 아프게 한 사람인 건가요?"

"네? 그게 무슨……?"

현수의 말이 중간에 잘렸다. 김 대리 모친의 속사포가 시작된 때문이다.

"요즘 얘가 얼마나 우는지 알아요? 대체 왜 그랬어요? 우리 지윤이가 어디가 어때서 찬 거지요?"

팔짱을 낀 채 노려보는 김 대리의 모친이다. 딸의 마음을 아프게 한 것이 괘씸하다는 표정이다. 현수는 오해라고 말하려고 했다. 그런데 모친께서 먼저 입을 여신다.

"생긴 건 멀끔하네요. 좋아요. 그건 인정할게요. 그런데 어디가 얼마나 잘나서 우리 지윤이한테 그런 거예요?"

"네?"

뭐라 말하기도 전에 또 한 번 속사포 신공이 시작된다.

"우리 지윤이요, 중학교 다닐 때부터 전교 1등을 놓쳐 본적이 없는 애예요. 대학교 들어가서도 공부하느라 연애 한번 못해봤구요. 그리고 너무 착하고 예쁜 아인데 뭐가 부족해서 우리 애한테 헤어지자고 한 거지요? 말해봐요. 그쪽은 뭐가 얼마나 대단한 건지."

"저어, 어머님, 그게 아니고요."

"아니긴요! 그리고 어머님이요? 내가 왜 댁의 어머님인 거죠? 애를 이렇게 만들어놓고."

매일 밤 베갯잇을 적시는 딸이 안쓰러워 한 말일 것이다.

"죄송합니다만, 뭔가 오해가 있으신 것 같습니다."

현수는 차에 대기하고 있는 대리기사를 힐끔 바라보았다. 뭔가 투덜거리고 있는 듯하다.

"오해라니요. 그쪽이 헤어지자고 한 거 아니에요? 애는 그것 때문에 마음에 상처를 입어 날마다 우는 거구요. 안 그래요?"

"어머님, 저는 김 대리와 같은 직장에 있는 동료입니다."

"알아요. 동료라는 거. 같은 회사에 있으면서 그러면 못쓰죠. 애는 직장 생활을 어떻게 하라고……."

보아하니 천지건설 직원 중 누군가와 연애를 한 모양이다. 그리고 최근에 헤어지자는 통고를 받고 우울해한 듯싶다.

"어머님, 저는 김 대리와 사귄 적 없습니다."

"뭐라고요? 애가 이렇게 되었는데도 사귄 적이 없다고 발뺌을 해요? 그러고 보니 양심이 불량한 사람인 모양이군요."

"에구! 그게 아니라니까요."

놔두면 오해만 점점 깊어질 것 같아 명함을 꺼냈다. 그리고 그것을 건네며 시선을 주었다.

"저는 김 대리가 몸담고 있는 부서의 장입니다. 오늘 저희 부서 회식이 있었구요. 저는 강 건너 저쪽에 사는데 가는 길에 김 대리 집이 있다고 해서 바래다주러 온 겁니다."

"네?"

어두워서 명함의 글자가 잘 안 보인 모양이다.

"아무튼 저는 김 대리를 무사히 인계해 드렸으니 이만 돌아가겠습니다. 대리기사가 기다리고 있어 어머님의 오해를 다 풀어드리지 못하는 점 죄송합니다. 그리고 김 대리가 과음하도록 내버려 둔 것도 죄송합니다. 만나 봬서 반가웠습니다. 그럼 이만 돌아가겠습니다."

이번엔 현수가 속사포 신공을 발휘했다. 그리곤 얼른 차에 올라탔다.

대리기사는 기다렸다는 듯 즉시 액셀러레이터를 밟는다.

"이봐요. 이, 이봐요. 그냥 가면 어떻게 해요? 이봐요. 야! 이 나쁜 놈아! 내 딸 책임져! 거기 서! 서란 말이야!"

김 대리의 모친이 손짓으로 차를 세우라 하였지만 무시하고 달렸다. 우미내 집에 당도한 것은 새벽 1시 반 경이다.

대문을 열고 들어가니 나자리노와 그리셀다가 와락 달려
든다. 하루 종일 심심했는데 왜 이제 오냐는 듯 손을 혀로 핥
으며 꼬리를 흔든다.

"그래, 리노! 그리고 셀다. 내가 좀 늦었지?"

현수는 고깃집에서 먹고 남아 싸달라고 했던 한우구이를
꺼내주었다. 잘도 받아먹는다.

"녀석들, 배가 고팠냐? 사료가 없어? 어디 보자. 응? 사료
많이 남았는데……."

주인이 준 거라 반갑게 먹는다는 걸 미처 알아차리지 못한
현수는 두 녀석의 갈기를 부드럽게 쓰다듬어 줬다.

"자, 난 이만 들어갈게. 오늘 밤에도 잘 지켜줄 거지?"

현수의 말을 알아듣기라도 했는지 꼬리를 살랑거리며 올
려다본다. 하여 또 한 번 쓰다듬어 주곤 안으로 들어갔다. 두
분 모두 주무시는지 조용하다. 살그머니 2층으로 올라갔다.

"논 노이즈!"

소음 때문에 깰까 싶어 마법을 구현시키고는 욕실로 들어
갔다. 따뜻한 물로 샤워를 하고 냉장고를 열어 시원한 주스
한 잔을 들이켰다.

책상 위에 놓인 신문을 잠깐 보고는 인터넷 검색을 시작했
다. 낮에 본 발전용 보일러와 터빈에 대해 더 알아보았다.

전문 서적이 필요할 듯싶어 상당히 많은 책을 주문했다.

"그나저나 누가 날 미행하는 것 같았는데 착각이었나?"

집에 올 땐 아무도 따라오지 않은 것 같다. 고개를 갸웃거리고는 이내 검색 삼매경에 빠져들었다.

그렇게 시간이 흘러 2시 반이 조금 넘었다.

크와앙—!

"아악—!"

"헉! 느, 늑대다!"

크와아앙—!

"으아악!"

창문을 열고 내다보니 나자리노와 그리셀다가 각기 하나씩 물어뜯고 있다.

아래층의 어머니가 불을 켰는지 정원이 환해진다. 침입을 시도했던 사내들은 늑대의 이빨로부터 벗어나려 애를 쓴다.

하지만 야생 늑대는 그리 쉽게 상대할 수 없는 놈들이다.

"혀, 현수야! 나가지 마라!"

"아니에요, 어머니. 걱정 마세요."

현관을 열고 나가보니 바닥에 쓰러진 녀석들이 소매를 문 늑대의 이빨을 떼어내려 발버둥치는 중이다.

"나자리노, 뒤로 물러나!"

현수의 말이 떨어지기 무섭게 나자리노가 물러선다.

"그리셀다, 너도!"

명이 떨어지자 그리셀다 역시 물러선다.

하지만 형형한 안광으로 침입자들을 노려본다. 여차하면 다시 달려들 수 있다는 뜻일 게다.

"내가 물라고 명령하면 목덜미의 경동맥이 끊길 수 있다. 그러니 함부로 움직이지 마라."

"……!"

사내들은 아무런 대꾸도 하지 않고 현수의 눈치만 살핀다.

"신분증 꺼내."

"…우린 그런 거 없다."

둘 중 하나의 말에 시선을 돌려보니 무엇을 묻든 대답하지 않겠다는 듯 입술을 굳게 닫고 있다. 그러면서 대문 쪽을 힐끔거린다. 여차하면 도주할 생각인 것이다.

"그래? 나자리노, 그리셀다! 지금부터 이자들이 움직이면 먹어도 된다."

크르르르렁─!

알아들었다는 듯 나자리노가 먼저 으르렁거린다.

"……!"

물어도 된다와 먹어도 된다는 엄청난 차이가 있다.

그렇기에 흠칫하며 늑대들을 바라본다.

나자리노와 그리셀다는 믿지 못하면 어디 한번 움직여 보라는 듯 이빨을 드러내며 노려보고 있다.

야생 늑대가 보이는 적의는 웬만한 사람은 감당하기 어렵다. 그래서인지 한 녀석의 하의가 젖어든다.

겁에 질려 오줌을 싼 것이다.

현수가 한 발짝 다가가자 두 마리 늑대도 따라서 움직인다.

사내들은 현수가 품을 뒤져 지갑을 꺼내가도 움직이지 않았다. 늑대가 언제 덮칠지 알 수 없기 때문이다.

"이름은 김일훈. 흐음, 어디 보자."

지갑을 뒤졌으나 주민등록증 이외엔 이렇다 할 것이 없다. 또 하나의 낡은 지갑을 열었다.

"막도정? 넌 짱골라였어?"

바지에 오줌을 싼 사내는 조심스럽게 고개를 끄덕인다. 물론 늑대가 달려들까 싶어서이다.

"흐음, 둘 다 일어서."

현수의 말에 둘은 늑대의 눈치부터 본다. 조금 움직였는데 가만히 있다. 하여 슬그머니 일어서려 한다.

크르르르렁―!

"허억!"

털썩―!

그리셀다가 나지막이 으르렁거리자 막도정이 도로 주저앉는다. 어린 시절 늑대가 사람을 잡아먹는 장면을 본 기억이트라우마로 작용하고 있는 중이기 때문이다.

"괜찮으니 일어서. 그리셀다 너는 조금 뒤로 물러나."

크르르르렁—!

먹이를 눈앞에 두고 물러서는 것이 마뜩치 않다는 듯 나직이 으르렁거리고는 몇 발짝 뒤로 간다. 하지만 여전히 적의에 가득 찬 안광으로 막도정을 노려보고 있다.

그러는 사이에 둘 다 일어났다.

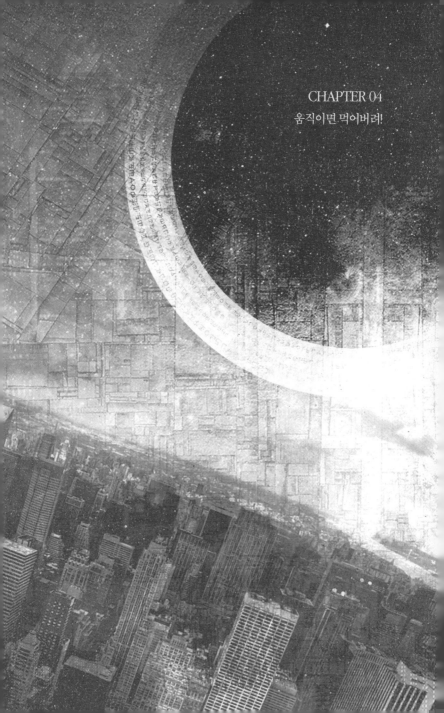

CHAPTER 04
움직이면 먹어버려!

"이 집에 침입한 목적은?"

"무, 물건을 훔치려고……."

"명령을 받고……."

서로 다른 말을 꺼낸 둘이 시선을 교환한다.

현수는 막도정에게 먼저 시선을 주었다. 자신이 한 말이 진실이라는 듯 얼른 고개를 끄덕인다.

이번엔 김일훈에게 시선을 보냈다. 입술을 꾹 다문다. 그러고 보니 어디서 본 듯한 얼굴이다.

'누구지? 어디서 봤는데. 어디서지? 아! 맞다.'

현수의 기억을 스친 영상은 열흘쯤 전의 것이다.

이현우, 조경빈 등 친지들과 즐거운 한때를 보낸 나이트클럽에서 보았다. 세정파의 실질적인 보스 유진기에게 뭔가 지시를 받던 인물이다.

"너! 세정파 유진기가 보냈나?"

"헉!"

작은 소리였지만 김일훈은 분명 당혹성을 냈다.

"너는 세정파와 손잡은 삼합회 소속이지?"

막도정은 단번에 자신들의 정체를 꿰뚫어보는 현수를 놀란 눈으로 바라보고 있다.

"좋은 말로 할 때 순순히 털어놓는 게 좋을 거야. 안 그러면 애들이 니들을 잡아먹을 수 있으니까."

나자리노와 그리셀다는 현수의 말이 맞다는 듯 으르렁거리며 노려본다. 이에 막도정은 떨칠 수 없는 공포를 느끼는지 부르르 떨며 입을 연다.

"마, 말하겠소."

"좋아, 너부터 말해. 이곳에 온 이유는?"

"당신 부모를 납치하기 위해서 왔소."

"뭐라고? 누구의 지시지?"

"나, 나는 김 형을 따라온 것뿐이오. 누가 지시한 건지는 김 형이 아오."

현수의 시선이 움직이자 김일훈은 슬며시 피한다.

"세정과 유진기가 우리 부모님을 납치해 오라고 시켰다고?"

"…그렇소!"

다 알고 묻는 듯싶었는지 순순히 고개를 끄덕인다.

"이유는?"

"모르오. 나는 시키는 대로 움직였을 뿐이오."

"옆집 노인들을 납치하려던 것도 너희인가?"

"맞소. 우리가 집을 잘못 알았소."

막도정이 중간에 끼어 고개를 끄덕인다.

"너희 둘뿐인가? 밖에도 누군가 있나?"

"…차에 둘이 더 있소."

말을 마친 김일훈은 모든 걸 포기했다는 듯 고개를 떨군다.

"리노, 셀다, 여길 지키고 있어. 움직이면 먹어도 된다."

나자리노와 그리셀다는 현수가 애칭으로 부르자 기분 좋다는 꼬리를 흔든다.

정원석을 딛고 담장 너머를 바라보는 순간 누군가 묻는다.

"어찌 되었나? 왜 이렇게 늦어? 노인네들은 잡았어?"

"홀드 퍼슨!"

"헉! 모, 몸이 왜 이래?"

사내가 당황한 듯 소리칠 때 현수는 훌쩍 담을 뛰어넘었다. 그리곤 시동이 걸린 채 언제든 떠날 준비가 되어 있는 승합

차로 곧장 다가갔다.

똑, 똑―!

"헉! 누구? 넌 누구냐?"

"홀드 퍼슨!"

"……!"

덜컥―!

운전석 문을 열고 사내를 끌어내렸다.

"어, 어? 내가 왜 이래?"

앉은 자세 그대로 끌려가던 사내가 당황한 듯 소리친다.

갑자기 움직일 수 없었기 때문이다. 그러거나 말거나 담장 아래에 있던 사내마저 끌고 집 안으로 들어갔다.

그리곤 김일훈과 막도정 앞에 당도하자 나직이 중얼거렸다.

"매직 캔슬!"

크르르르렁―!

"헉! 느, 늑대야!"

"뭐? 늑대? 헉! 지, 진짜다."

나자리노와 그리셸다의 형형히 빛나는 두 눈을 본 녀석들이 화들짝 놀라며 물러앉는다.

"리노, 셸다, 이 녀석들도 움직이면 먹어도 된다."

"이봐!"

둘 중 하나가 발작적으로 소리를 치려 할 때 막도정이 입을 연다.

"움직이지 마. 움직이면 진짜로 먹힐 수 있어."

"뭐?"

"이, 이놈들, 진짜 야생 늑대야. 어떻게 여기 있는지 몰라도 이놈들은 진짜 우릴 잡아먹을 수 있어."

"······!"

막도정의 말에 둘은 꿀 먹은 벙어리처럼 입을 다문다.

현수는 전화기를 꺼내 112에 전화했다. 하수인에 불과한 이들로부터는 더 이상의 정보도 얻을 수 없다 판단한 것이다.

잠시 후, 순찰차가 당도했다. 범인들이 체포되는 동안 리노와 셀다는 슬그머니 집을 빠져나갔다.

'흐음, 유진기! 네놈이 스스로 자초한 일이다. 그런데 왜 부모님을 납치하려 했을까? 내가 한 일을 모를 텐데.'

룸살롱 락희의 귀신 소동, 케이먼 제도에 은닉해 두었던 돈 증발 사건, 백두마트 보안요원 폭행 사건, 세정캐피탈 비밀장부 고발 사건, 세정빌딩 매도 대금 증발 사건이 있었다.

이것들의 공통점은 세정파에 커다란 타격을 주었다는 것이다. 그리고 유진기는 알 수 없는 일이다.

아무튼 이런 사실을 모르는 이상 부모님을 납치하려는 무리수를 둘 이유가 없다.

'누군가의 사주를 받았나?'

고개를 갸웃거렸지만 지금으로선 알 수 없는 일이다.

부모님은 이게 무슨 일이냐며 물었다. 이웃집 노부부 납치 사건이 일어난 지 얼마 되지 않아 몹시 불안해한다.

하여 당분간 경호원을 배치하겠다고 말씀드렸다.

*　　　*　　　*

아침에 눈을 뜨자마자 현수는 토탈가드에 전화를 걸었다.

띠리리리링—!

"네, 토탈가드 양미란입니다. 무엇을 도와드릴까요?"

"반갑습니다. 천지건설 김현수입니다."

"어머! 김 전무님이시군요. 네, 반갑습니다. 현 팀장님 바꿔 드릴까요?"

"그래주면 고맙지요."

"호호! 네. 잠시만 기다려 주세요."

여전히 싹싹하다. 하여 현수의 입가엔 부드러운 미소가 어려 있다. 잠시 후, 현인구 팀장과 통화가 있었다.

현수는 부모님을 위해 열두 명의 경호 인력을 추가로 고용했다. 2인 1조로 3교대 근무가 필요한 때문이다.

혹시 몰라 권철현 고검장 부부와 권지현을 위한 경호원도 고용했다. 이쪽도 2인 1조 일일 3교대이니 18명이 필요했다.

극심한 불황으로 경호 인력이 놀고 있는 상황이었기에 현 팀장은 반색하며 최고의 요원들로 구성하겠다고 했다.

경호 기간은 결혼식이 있을 크리스마스이브까지로 정했다. 돈은 꽤 많이 들지만 안전이 우선이다.

아침 식사 후 현수는 차를 몰아 내곡동으로 향했다.

"어서 오십시오. 이쪽으로……."

아침 일찍 국정원으로 향한 현수는 입구에서 어제 통화했던 엄규백 요원에게 전화를 걸었다.

그러자 채 5분도 지나지 않았는데 나타난다.

"김현수 전무님, 어서 오십시오. 엄규백입니다."

엄 요원은 정중히 고개 숙여 예를 표한다. 현수 역시 인사를 하곤 물었다.

"네, 만나 봬서 반갑습니다. 그런데 3차장님이 저를 보자고 하신 겁니까?"

"네? 왜 그런 생각을 하셨는지 모르겠지만 김현수 전무님은 지금 1차장님 휘하 해외 정보 분석팀에서 보자고 한 겁니다."

"해외 정보 분석팀이요?"

국정원엔 세 명의 차장이 있다.

1차장은 해외, 대북 분석 업무를 맡고 있다.

2차장은 안보, 수사, 보안, 정보 담당이다.

3차장은 대북공작, 과학, 산업, 방첩 업무를 맡고 있다.

통일부에서 북한 주민 접촉 승인이 떨어졌기에 3차장 쪽과 관련된 호출인 것으로 알고 왔다. 그런데 해외 정보 업무 전담 부서에서 불렀다니 의아한 것이다.

"그렇습니다. 자, 이쪽으로 가시죠."

엄규백 요원의 안내로 들어간 곳은 평범한 사무실이다. 책상 몇 개와 소파가 있다. 어디서나 흔히 볼 수 있는 광경이다.

"이쪽 자리에 앉으시죠."

"네."

"차 한잔하시겠습니까?"

"아뇨. 괜찮습니다."

소파에 앉자 엄규백 요원이 책상으로 가 파일을 들고 온다.

"해외에 파견된 저희 요원들이 보내온 보고에 의하면 김현수 전무님은 현재 테러의 대상이 된 상태입니다."

"네? 테러요?"

"이건 지나에서 온 보고 자료입니다."

엄규백 요원이 펼친 파일 속에는 천지건설 김현수 전무가 암살 대상이 되었다는 내용이 기록되어 있다. 구체적으로 누가 이런 지시를 내렸는지는 파악 중에 있다고 한다.

"이 사진들 가운데 혹시 눈에 익은 인물이 있는지 확인해 주시겠습니까?"

여러 컷의 스틸 사진을 받아 든 현수는 사진 속의 인물을 하나하나 살폈다. 대략 20여 명이 찍혀 있는데 이 중 보거나 아는 얼굴은 하나도 없다.

"없는데요."

"흐음, 혹시 왜 암살 대상이 되었는지 아십니까?"

국정원에 김현수 암살 음모에 관한 첩보가 접수되었을 때 담당자는 고개를 갸웃거렸다. 국가 정보, 또는 국가 안위와는 별다른 관계가 없는 인물이기 때문이다.

그런데 같은 보고가 다른 첩보원으로부터 중첩되어 들어왔다. 둘은 서로 다른 곳에서 활동한다.

그렇다면 적어도 두 곳 이상에서 현수를 노린다는 뜻이다.

확인 중에 있지만 하나는 삼합회, 다른 하나는 지나 정부 쪽인 듯싶다.

그날 이후 현수에 대한 조사가 시작되었다. 평범한 사람이라면 두 조직에서 노릴 이유가 없기 때문이다.

처음엔 별다른 점을 찾지 못했다. 천지건설을 위해 큰일을 해냈고, 우리 상품을 열심히 수출하는 일꾼일 뿐이다.

그러던 중 우연히 러시아 노보로시스크를 관장하는 지르코프와의 만남이 파악되었다.

국정원에선 여러 나라에 요원들을 파견하고 있다.

하지만 콩고민주공화국엔 없었다. 교류는 하고 있지만 중요하다고 분류된 국가가 아니기 때문이다.

그런데 천지건설이 진출하고 계속하여 천지그룹 계열사들이 그쪽 일을 수주하자 한 팀을 보냈다.

그들로부터 온 첩보이다.

지르코프는 레드 마피아의 주요 보스 가운데 하나이다.

비록 2강 3약엔 끼지 못하지만 지정학적 위치, 그리고 휘하 세력 등은 결코 만만치 않다. 상트페테르부르크 의대를 졸업한 재원이기에 상당히 두뇌 회전이 빠른 인물로 파악된다.

흥미를 느낀 국정원은 이실리프 무역상사의 주요 거래처인 드모비치 상사에 대한 내사에 들어갔다.

그 결과 레드 마피아의 실질적인 총수로 여겨지는 알렉세이 이바노비치가 주인이라는 것을 알아냈다.

이 대목에서 국정원은 화들짝 놀라지 않을 수 없었다.

현수는 암흑계와는 전혀 관련이 없는 삶을 살았다.

그런데 갑자기 레드 마피아와 일을 한다. 그것도 러시아 정부조차 함부로 대할 수 없는 두목급만 상대한다.

다행히 하는 일은 전혀 불법적이지 않다.

콩고민주공화국에서 큰일을 할 것으로 언론에 집중 조명을 받고 있는 이실리프 상사는 세정파라는 폭력 조직으로부터 사들인 건물에 입주해 있다.

여기까진 전부 폭력 조직과 관련된 것이다.

그런데 연애는 서울고등검찰청장인 권철현의 하나뿐인 딸 권지현과 한다. 서울중앙지검에 재직 중인 사무관이다.

둘은 크리스마스이브에 결혼한다. 확인해 보니 그날 오후 5시에 혼배미사를 하는 것으로 신청되어 있다.

만나는 사람은 조폭이고, 결혼은 그런 조폭들을 잡아들이는 검찰청 쪽 사람이다.

국내에선 천지그룹 이연서 회장의 장손인 이현우와 호형호제하는 사이다. 백두그룹 회장의 손자 조경빈과도 매우 친하다.

가장 놀란 것은 한국 대통령도 쉽게 만날 수 없는 블라디미르 푸틴과 메드베데프를 만났다는 것이다.

국정원 요원들은 뭐가 뭔지 갈피를 잡을 수 없었다.

그러던 중 현수를 암살하기 위한 누군가가 입국한다는 첩보가 긴급 전문으로 보내왔다. 하여 사태의 심각성을 알려 경각심을 불러일으키며 오라고 했던 것이다.

"누가 노리는 건지는 저도 알 수 없습니다. 삼합회와 척을 진 적도 없고 지나 정부와는 더더욱. 그런데 혹시……?"

현수가 뭔가 생각난 듯 말끝을 흐리자 엄규백 요원이 긴장한다. 알고 싶은 것이 튀어나오리라 짐작한 것이다.

"혹시 뭡니까?"

"제가 수주한 잉가댐 공사는 본래 지나의 건축공정총공사에 발주될 것이었습니다. 그쪽에서 보면 제가 가로챈 것으로 여길 수도 있습니다. 킨샤사—비날리아 간 2,432km짜리 고속도로 공사 때문에 그쪽으로 갈 일이 여럿 취소되었다고 합니다."

"그래요?"

내친김에 지나의 국안부 3국장이 잉가댐 현장으로 가던 실측 팀을 공격했던 이야기를 하려다 말았다.

그렇게 되면 체이탁으로 저격하던 자들은 어떻게 제압했는지에 대한 이야기를 해야 한다. 그들은 지나가 침투 목적으로 조직한 특수부대 SAXZC의 요원이다.

아무리 허접하다는 평가를 받고 있지만 엄연히 특수부대원들이다. 국방연구소 사수로 근무했던 평범한 예비역 병장이 그들 둘을 맨손으로 제압했다는 말은 믿지 않을 것이다.

"흐음, 건축공정총공사라면 전 세계 건설사 도급 순위 1위인 건설사인데…… 그 정도면 삼합회와 지나 정부를 동시에 움직일 수도 있겠군요."

엄 요원은 뭔가를 생각하는 듯 이맛살을 찌푸린다.

건설사 도급 순위를 보면 세계 1위 지나건축공정총공사, 2위 지나철도건축총공사이다. 3위는 지나철로공정총공사이고, 5위 지나교통건설, 7위는 지나야금과공집단공사이다.

세계 10위 안에 무려 다섯 개나 포진해 있다.

참고로 순위권 밖에 있던 천지건설은 현수의 활약 덕분에 세계 13위로 올라섰다.

러시아 가스전 개발공사와 파이프라인 연결 공사가 공식적으로 발표되면 10위나 11위쯤으로 올라서게 될 것이다.

여기에 리우데자네이루 주거 환경 개선사업까지 턴키베이스로 수주하게 되면 10위 이내로 접어들 것으로 예상된다.

아무튼 지나건축공정총공사는 어마어마한 자금력을 지닌 회사이다. 아울러 지나 공산당 정부와도 밀월 관계에 있다.

이런 회사의 일을 가로채 피해를 입힌다면 보복 대상이 될 수도 있다. 삼합회에 테러를 의뢰할 수 있고, 지나 국안부에 선을 대어 암살자를 보낼 수도 있다.

현수는 현재 이들 둘 모두 동원된 것으로 여겨진다.

나라를 위해 큰일을 하는 사람이니 보호해 줘야 한다. 문제는 확실한 근거가 없다는 것이다. 하여 생각에 잠긴 것이다.

"참, 어젯밤 우리 집에 괴한이 침입했습니다."

"아! 그래요?"

"잡고 보니 부모님을 납치하려 했다는군요."

"어느 경찰서에서 연행했지요?"

"구리 경찰서입니다."

"그래요? 잠시만 기다려 주십시오."

엄규백 요원은 서둘러 자리를 비웠다. 현수는 세정파 이야기를 해야 하나 생각해 보았다.

"셋은 세정파 조직원이고 하나는 삼합회 소속이라고 합니다. 세정파와도 갈등이 있습니까? 참고로 세정파는 이실리프 상사가 입주해 있는 빌딩의 전 주인입니다."

현수는 부러 놀라는 척을 했다.

"아! 그래요? 근데 그쪽과는 갈등이 있을 이유가 없습니다. 그 건물은 정당한 거래로 매입한 거니까요. 그리고 지금도 지하 1층엔 그쪽이 운영하는 락희라는 룸살롱이 있습니다."

"그런데 왜……?"

"그건 저도 잘 모르겠습니다."

"흐으음!"

엄규백 요원은 턱을 쓰다듬으며 이맛살을 찌푸린다. 놈들이 현수를 공격하려는 이유를 알 수 없었기 때문이다.

"경찰에 신변 보호 요청을 하시지요."

"삼합회와 지나 정부에서 저를 암살하려고 사람을 보냈다는데 경찰이 막아줄 수 있을까요?"

경찰이 무능하다는 뜻이 아니다. 상대가 총기를 사용하지 않는 경우라면 무술경관을 배치하여 보호하면 막아줄 수 있다.

하지만 체이탁 같은 암살 병기를 쓸 경우에 경찰은 전혀 도움이 되지 않는다는 뜻이다.

엄 요원은 이를 곡해한 듯하다.

"국정원이 나서긴 조금 곤란합니다."

"아뇨, 국정원더러 막아달라는 게 아닙니다. 그냥 제가 좀 조심하죠. 아니면 당분간 외국에 나가 있던지요."

"어쩌면 그 편이 더 나으리라 생각됩니다."

엄규백이 얼른 고개를 끄덕인다.

"아무튼 제가 알아서 움직이겠습니다. 그리고 오늘 좋은 정보를 주셔서 고맙습니다."

"고맙기는요. 언제든 저희 도움이 필요하면 연락 주십시오."

"감사합니다."

국정원을 나서는 현수는 이맛살을 찌푸렸다.

누군가 암살을 위해 입국했다면 어딘가에서 노리고 있을 것이다. 와이드 센스 마법으로 24시간 경계하고 있을 수는 없다.

그렇다면 주의를 기울이는 게 최선이다. 하여 예리한 시선으로 주변을 살폈다. 누구든 걸리기만 하면 작살낼 생각이다.

나를 죽이러 온 놈에게 베풀 자비란 없기 때문이다. 하지만 아쉽게도 당장은 걸리는 것이 없었다.

'삼합회? 그리고 지나 정부? 흠, 지나 정부라면 국안부 3국 장이 보냈겠지. SAXZC라고 했던가? 그래, 어디 한번 해봐라. 그나저나 부모님은 어쩌지? 지현 씨 부모님도 그렇고.'

한 몸 건사하는 건 문제도 아니다. 하지만 부모님을 어찌 지켜낼 것인가 하는 문제를 생각하자 갑자기 머리가 지끈거린다.

"흐으음! 부모님은 마법 반지가 있으니 어떻게 되겠지만… 지현 씨 부모님도 만들어 드려야 하나?"

반지엔 면역력 증진 마법인 임프로빙 이뮤너티와 늘 건강한 상태를 유지케 하는 바디 리프레시 마법진을 새긴다.

그리고 위기 상황이 되면 안전한 곳으로 이동케 하는 텔레포트와 앱솔루트 배리어 마법진 정도면 안심이 될 것이다.

이런저런 생각을 하며 운전을 하다 보니 이실리프 무역상사 쪽으로 향하고 있다.

"허참, 습관이 무섭긴 하구나."

쓴웃음을 지으며 사무실로 들어가자 이은정 실장 등이 반갑게 맞이한다.

"좋은 아침이에요, 사장님!"

"네, 좋네요. 하하하!"

현수가 사장실로 들어가자 이 실장이 사과 주스를 내온다.

"아침 사과가 몸에 좋대요."

"고마워요. 늘 신경 써줘서."

"고맙기는요. 당연한 일인 걸요. 결재 서류 올려도 될까요?"

"네, 주세요. 온 김에 다 해드릴게요."

"호호, 네."

잠시 후, 이 실장이 서류를 한 아름 들고 들어온다.

"여기요. 찬찬히 읽어보세요."

"그래요."

서류철을 펼친 현수는 꼼꼼하게 읽었다. 현재 이실리프 무역상사의 업무는 전적으로 이은정 실장의 지휘 아래 움직 인다.

드모비치 상사와의 거래가 가장 크고 다음이 천지약품이 다. 이밖에 소소한 거래들이 있다. 보아하니 사원 중 누군가 영업하여 거래처를 뚫은 모양이다.

전에 보고받은 대로 드모비치 상사와의 거래는 두 배로 커 져 있다. 매달 1억 달러 늘어난 것이다.

생산량을 늘리기 힘든 울림네트워크의 스피드와 엘딕을 제외한 기능성 화장품 듀닥터의 수출량이 상당히 많이 늘 었다.

기존의 약품들도 양이 많이 늘어 있다. 자세히 살펴보니 그 간 포함되지 않았던 대한약품의 것들도 수출되고 있다.

이 중 가장 큰 비중은 당연히 쉐리엔이다.

주문서에 달려 있는 주석을 보니 쉐리엔은 모든 모스크바 여인의 사랑을 듬뿍 받는 중이라고 한다.

현재는 일 인당 하나씩만 팔고 있다. 안 그러면 몽땅 사재기를 할 기세이기 때문이다. 하여 대폭적으로 수출 물량을 늘려달라는 요청이 기록되어 있다.

이 대목에서 현수는 피식 실소를 지었다.

날씬한 몸매를 꿈꾸는 모든 여인의 갈망을 단번에 해소해 줄 물건이기에 이런 반응을 당연하다 여긴 것이다.

현재 쉐리엔은 모스크바에서만 판매되고 있다. 드모비치 상사는 대한약품으로부터 유럽 독점 판매권을 받은 바 있다.

하여 모든 유럽 국가에 판매할 수 있도록 대폭적으로 양을 늘려주길 요청했다.

드모비치 상사와 이실리프 무역상사의 거래량은 월간 1억 달러 수준이다. 여기에 쉐리엔이 추가되면 점점 더 액수가 늘어날 것이다. 그러면 더 많은 이득이 발생된다.

하여 현수는 기분 좋은 미소를 지었다.

킨샤사의 천지약품 수출량도 늘어난 상태이다. 소독약, 소염제, 소화제, 진통제 등은 필수 가정상비약으로 인식되는 중이다. 그러다 보니 각 가정마다 약품을 구입하기 때문이다.

이춘만 사장이 진행 중인 아디스아바바 천지약품이 새롭게 진출하면 당연히 두 배 이상으로 늘어나게 될 것이다.

이 대목에서 현수는 대한약품 민 사장에게 전화를 걸었다.

띠리리링! 띠리리리리링! 띠리리리링! 띠리리리링!

"네, 김 전무님!"

"민 사장님, 바쁘신가 봐요."

"하하, 네. 생산 공정을 점검하다 보니 벨 소리를 못 들었습니다."

"그렇군요. 그런데 어쩌죠?"

현수의 묘한 말에 민 사장은 심장이 덜컥 내려앉는 기분이다. 뭔가 심상치 않은 말이 있을 것이라 예감한 것이다.

"네? 무, 무슨 말씀이십니까?"

"콜레라와 홍역, 그리고 말라리아 관련 의약품 생산량을 많이 늘려주셔야 할 것 같아서요."

"네? 어, 얼마나요?"

현수와 통화를 하면 늘 천문학적인 숫자가 나오기에 당황한 듯한 음성이다.

그도 그럴 것이, 대한의약품은 최근 다른 제약사 두 곳을 흡수, 합병했다. 생산량을 늘려야 하는데 공장을 지을 시간이 부족했기 때문이다. 그럼에도 모든 공장이 풀가동 중이다.

이실리프 무역상사에서 발주된 주문량을 채워 넣기 위함이다. 그런데 여기에 추가로 주문이 들어오게 되면 능력 밖이 되어버린다. 그렇기에 약간 더듬은 것이다.

"콜레라와 홍역은 최소 5천만 명분이 필요합니다. 말라리아 관련 의약품은 당장 급한 건 아니지만 이것 역시 그 정도는 있어야 할 것 같습니다."

"허억ㅡ! 오, 오천만 명분이요?"

"네, 동아프리카에 콜레라와 홍역이 창궐 중이니 그 정도는 필요할 것 같습니다. 더 만들 수 있으면 더 만드시구요."

"끄으응! 전무님, 지금으로선 생산 능력 밖입니다. 새로 공장을 짓거나 인수하지 않는 이상은요."

"그럼 공장을 추가로 매입하세요. 돈은 충분하잖아요."

공장 하나 인수하는 게 얼마나 복잡한 일인지 현수는 알지 못한다. 돈도 돈이지만 관공서 등에 제출할 서류만 몇 박스 분량이다.

그런데 너무나 쉽게 인수하라는 말을 하자 말문이 막힌다.

"…아, 알겠습니다. 그리하지요. 매물로 나온 게 있나 확인해 보고 다시 연락드리겠습니다. 그런데 언제까지 필요한 건지요? 급한 겁니까?"

"아마도요. 아무튼 최선을 다해주십시오. 필요하니까요."

대화를 하면서 인터넷으로 또 다른 전염병이 창궐했는가를 확인하던 현수가 마우스를 놓았다.

그리곤 영국의 가디언지가 보도한 기사를 찬찬히 읽었다.

다음은 2012년 말에 보도된 내용 중 일부이다.

웰컴 트러스트와 옥스퍼드 대학 열대의학 조사 협력 사업에 참가한 폴 뉴턴 박사 등은 '말라리아 저널'에 아프리카에서 가짜 말라리아 예방약이 판매 중이라면서 2002~2010년 11개국에서 수집된 가짜 약으로 의심되는 약을 보고했다.

연구팀은 가짜 약의 일부 성분이 동아시아 지역의 꽃가루였으며, 특히 에이즈 환자가 복용하면 심각한 부작용을 일으킬 수 있다고 경고했다.

이들 가짜 치료제는 지나 등에서 제조되고 있는 것으로 전문가들은 추정하고 있다. 참고로 나이지리아에서 유통되고 있는 약품의 45%는 가짜로 추정된다.

"이런 개만도 못한 새끼들!"

사람의 목숨이 걸린 의약품을 가짜로 제조해서 많은 인명 피해가 있었다고 한다.

현수는 돈만 벌면 된다고 생각하는 놈들의 대가리를 부숴 버리고 싶다는 생각을 했다. 하여 저도 모르게 욕을 한 것이다.

이때 인터컴이 소리를 낸다.

띠리리리링!

"네."

"사장님, 라일라 아지즈 씨 전화가 와 있는데 연결할까요?"

"라일라 아지즈? 아, 그래요. 연결해 주세요."

두바이 공항에서 환승을 대기하던 중 방문했던 아라비안 나이트라는 풍물 가게 주인의 딸이다.

"여보세요. 김현수입니다."

"아! 라일라 아지즈입니다. 사장님을 찾아뵙고 싶은데 시간이 있으신지요?"

"지금 어디에 계신지요?"

"플라자 호텔에 방금 당도하였습니다. 기다릴 터이니 언제든 방문해 주셨으면 합니다. 제가 찾아뵈어야 하나 서울 지리를 모르니 양해하여 주십시오."

상당히 정중하다. 현수는 괜스레 흐뭇함을 느꼈다.

"흐음, 알겠습니다. 잠시 후에 찾아뵙지요."

전화를 끊고는 곧장 시청 앞 플라자 호텔로 향했다.

딩동―!

초인종을 누르자 깊은 소리가 난다. 호텔의 품격을 고려한 듯싶다.

"김현수 사장님이신가요?"

"네, 김현수입니다. 라일라 아지즈 씨를 만나러 왔습니다."

"아! 환영합니다."

신분이 확인되자 문이 활짝 열린다.

"라, 라일라 아지즈 씨인가요?"

현수가 저도 모르게 말을 더듬은 것은 만개한 장미처럼 너무도 아름다운 얼굴 때문이다.

아랍에미리트(United Arab Emirates) 구성원 중 하나인 두바이는 아랍 국가이면서도 상당히 개방되어 있다.

크리스마스가 국경일이기도 하다. 그렇기에 다른 아랍 국가와 확연히 다르다.

대부분의 무슬림 국가에선 여인들이 얼굴을 드러내지 못하도록 한다. 하지만 두바이에선 히잡조차 쓰지 않기도 한다.

그래서인지 라일라 아지즈는 맨얼굴이다.

현수는 지나치다 할 정도로 많은 미녀를 접했다.

동양 미인으론 권지현, 강연희는 물론이고 한창호와 열애를 시작한 조인경이 있다.

이 밖에 이수정, 이수연 자매, 그리고 이실리프 무역상사의 미녀 삼총사인 이은정, 김수진, 이지혜가 더 있다.

서양 미인의 대표는 당연히 이리냐이다. 그리고 강전호의 여인이 될 베아트리체도 눈에 확 띄는 미녀이다.

아르센 대륙으로 가면 아프로디테의 환생이라 해도 과언이 아닐 카이로시아가 있고, 우아함의 대명사인 로잘린이 있다.

이 밖에도 가꿔지지 않은 야생 장미 같은 다프네도 보았다.

용병 미녀 줄리앙도 있으며, 처음엔 까칠했지만 결국 오매불망 현수만을 바라보게 된 엘리시아 나후엘 드 율리안이 있다.

뿐만 아니라 미판테 왕국의 현자라 불리던 아르가니 판 포인테스 후작의 손녀 케이트 에이런 판 포인테스도 눈에 확 뜨이는 미녀이다. 레더포드 아물린 반 피리안 백작의 손녀 카트린느 조세핀 반 피리안 역시 미녀이다.

따라서 웬만한 미녀는 현수 앞에서 명함조차 내밀지 못한다. 그럼에도 현수의 눈이 번쩍 뜨인 것은 라일라 아지즈가 너무도 아름다웠기 때문이다.

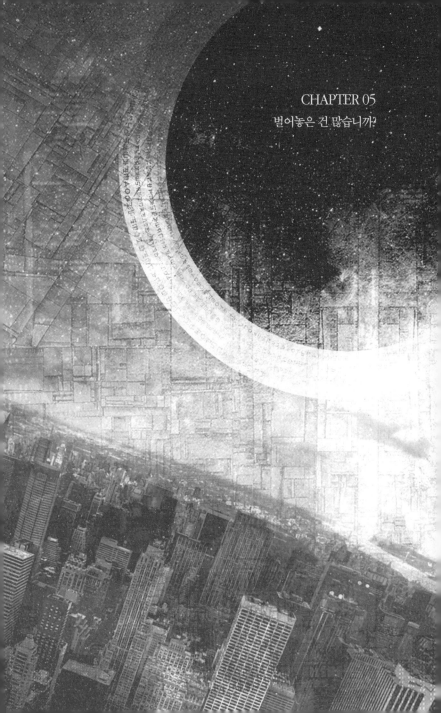

CHAPTER 05
벌어놓은 건 많습니까?

"네, 제가 라일라 아지즈랍니다. 어서 오시어요."

살짝 고개를 숙여 예를 갖추는데 현수는 움찔했다. 귀밑머
리 흔들림이 너무도 매혹적인 때문이다.

"아! 네, 네. 반갑습니다."

저도 모르게 손을 내밀었던 현수는 얼른 손을 뺐다.

아랍에선 여자들의 얼굴을 빤히 바라봐선 안 된다.

먼저 말을 걸어도 안 되고, 악수를 청해서도 안 되며, 사진
을 찍어서도 안 된다.

두바이로 가는 동안 비행기 안에 비치되어 있던 아랍 국가

에 관한 안내문에서 본 내용이다.

방금 현수는 두 가지 결례를 범했다.

첫째는 라일라 아지즈의 얼굴에서 시선을 떼지 못한 것이다. 둘째는 악수하자고 손을 내민 것이다.

이를 깨달았기에 정중히 고개 숙이며 입을 열었다.

"아! 미안합니다. 예의가 아니라는 것을 깜박했습니다."

"어머, 아니에요. 괜찮습니다. 여긴 한국이잖아요. 그리고 계속 거기 서 계실 거예요? 들어오세요."

"그, 그래도 되겠습니까?"

말을 하며 안쪽을 살폈다. 안에 라일라 아지즈의 부모가 있다면 들어가도 괜찮다. 만일 혼자라면 문제가 될 수 있다 생각했기에 저도 모르게 살핀 것이다.

"그럼요. 들어오셔도 돼요. 부모님하고 같이 있었어요."

있어요와 있었어요는 엄연히 다르다. 그럼에도 현수는 객실에 발을 들여놓았다. 두 발짝을 떼고 나서야 잘못되었다는 것을 느끼곤 얼른 말을 끊으려 했다.

"아! 그렇습니까? 그럼······."

그러는 사이에 저도 모르게 한 발짝을 더 들여놓았다.

딸깍—!

룸 안에 발을 들여놓자 문이 닫힌다. 화들짝 놀라며 되돌아나가려 했으나 그러지 않았다.

자칫 상대에게 실례가 될 수 있기 때문이다.

그러거나 말거나 라일라 아지즈가 먼저 안으로 움직인다.

"자, 이쪽으로 오셔요."

여인의 뒤를 따르던 현수는 얼른 시선을 들었다. 저도 모르게 살랑거리는 둔부에 시선을 두고 있었기 때문이다.

"흐음, 정신 차리자. 그나저나 대단하네. 나를 이처럼 정신 없이 만들다니…… 아랍 미녀가 예쁘다더니 정말 그러네."

정신 못 차릴 정도로 너무도 아름다웠기에 저도 모르게 중얼거린 말이다. 그런데 이 말을 들은 모양이다.

"네? 뭐라 하셨어요?"

"아, 아무것도 아닙니다."

현수는 얼른 손사래를 쳤다. 다행히 한국말로 중얼거렸는지라 상대는 알아듣지 못하였을 것이다.

"그래요? 일단 여기 앉으세요."

"아, 네."

소파에 앉자 잠시 자리를 비우더니 주스를 내온다.

"집이 아니라 접대가 변변치 않네요. 양해해 주실 거죠?"

라일라 아지즈는 생긋 미소 짓고는 맞은편에 앉는다.

"그, 그럼요. 근데 부모님은……?"

"김현수 전무님이 언제 오실지 몰라 잠시 외출하셨어요."

"아, 그래요? 언제쯤 오시는지요?"

단둘만 있어야 한다는 것이 부담되었지만 이미 들어와 앉았으니 어쩌겠는가!

"곧 오실 거예요. 한국은 처음이시거든요. 근처만 보고 온다고 하셨으니 잠시만 기다려 주세요."

"뭐, 그러죠."

대답을 하니 잠시 어색한 침묵이 흐른다.

"근데 정말 우리말을 잘하시네요."

"그런가요?"

"네, 우리말을 전공하셨나요? 아님 쭉 아랍에 계셨어요?"

"아뇨. 그냥 독학한 겁니다. 그리고 아랍엔 두바이에 잠시 머물렀던 게 전부이구요."

"그럼에도 이처럼 말을 잘하시니 정말 대단해요. 참, 사인하나 해주실래요?"

"사인이요?"

"호호, 저도 보았답니다. 김 전무님께서 카메오로 출연하신 신화창조 티저 영상을요."

"아, 그랬어요?"

현수는 멋쩍은 웃음을 지었다. 그러는 사이에 발딱 일어나더니 안쪽으로 들어가 종이와 펜을 들고 나온다.

그녀가 내민 종이에 현수는 정성 들여 글씨를 썼다. 시간을 끌어야 하기 때문이다.

ملكة جمال ليلى عزيز (라일라 아지즈님).
انه لشرف أن ألتقى بكم (당신을 만나 영광입니다).
نأمل دائما جميلة (늘 아름다우시길 빕니다).

능숙한 아랍어로 쓴 내용의 아래엔 한글로 천지건설 김현
수라 썼고, 그 뒤에 사인을 했다.

"와아! 말씀만 잘하시는 게 아니라 글씨도 정말 잘 쓰네요.
고마워요. 잘 간직할게요."

"에구, 고맙기는요. 쓰고 보니 졸필인데요."

"어머! 아니에요. 정말 정말 잘 쓰신 거예요. 저도 이만큼
은 못 써요. 진짜예요."

"고맙습니다."

의례적인 대답을 하고 나니 또 침묵이다. 라일라 아지즈는
현수가 써준 글귀를 읽으며 환한 웃음을 짓는다.

"그런데 혹시 아버지 말대로 진짜 마법사인가요?"

"네?"

현수는 느닷없이 허를 찔린 기분이 되었다.

"김 전무님을 만난 뒤로 아버진 실성한 사람처럼 하루 종
일 '날아라, 양탄자!'라는 말만 해요."

"아, 그래요?"

심심풀이로 사람을 놀려먹은 죄가 있기에 현수는 뒷말을
잇지 못했다. 그러면서도 짐짓 놀라운 척 표정을 짓는다.

"네, 김 전무님이 그 말을 했을 때 분명히 양탄자가 허공으로 떠올랐다고 하면서, '왜 안 되지? 나는 왜 안 될까? 마법사가 아니라서 그러나? 알라딘은 마법사가 아니었는데' 라는 말만 반복해요. 어떻게 하죠, 우리 아빠? 히잉, 걱정이에요."

라일라 아지즈가 짐짓 눈물 닦는 척한다. 그런데 음성과 표정, 그리고 몸짓 하나하나가 장난이 아니다.

'후와! 애교 끝장이군. 웬만한 사내 같으면 살살 녹겠어.'

이런 생각을 하면서도 현수는 반성을 했다.

'흐음, 무심코 던진 돌이라도 개구리가 맞으면 죽는다는 말이 있는데 내가 딱 그 짝이군. 앞으론 주의해야겠어.'

"김 전무님, 정말 마법사 아니세요?"

"에구, 마법사라니요. 21세기를 사시는 분이……."

"그죠? 저도 그렇게 생각해요. 마법사는 동화책에만 나오는 존재잖아요. 근데 아빠가 왜 그럴까요? 우리 아빤 평생 거짓말을 안 하고 사셨어요. 그런데 전무님이 나온 동영상만 보면 마법사라고 하신단 말이에요."

"글쎄요. 아버님이 왜 그러시는지는 제가 알 수가 없죠. 아무튼 좋아지셨으면 좋겠네요. 참, 병원엔 가보셨어요?"

"네. 근데 모르겠대요. 그래서 전화 드린 거예요."

라일라 아지즈는 새삼 걱정스럽다는 표정이다.

"흐음, 저를 만난다 해서 꼭 나아지리란 보장도 없는데 이렇게 발걸음을 하게 해서 어쩌죠?"

"그건 할 수 없죠. 우린 김 전무님이 마지막 희망이라 생각하고 온 거니까요."

"아무튼 최선을 다하겠습니다. 그나저나 이렇게 식구들이 다 오면 가게는 어떻게 합니까? 휴업인가요?"

"아뇨. 가게는 문을 닫았어요."

"네?"

"아침에 가게로 가면 아빠는 하루 종일 거기에만 계세요. 주말도 없이. 가족을 위해 평생 그러셨죠. 그 좁은 데에 있어서 이런 건가 싶어 엄마가 팔아버렸어요."

"그럼 뭔가 다른 일을 시작하셨나요?"

"아뇨. 아직은 없어요. 엄마는 집에만 계셨고, 저는 아직 학생이에요. 그래서 수입이 없는 상태가 된 거죠."

"끄응!"

현수는 나지막한 침음을 내며 또 한 번 반성했다. 재미로 친 장난에 어떤 가족의 생계가 끊긴 것이기 때문이다.

"그나저나 김 전무님 정말 대단하세요."

"네? 그게 무슨……?"

"오기 전에 신문에 난 전무님 기사를 모두 읽어보았어요. 콩고민주공화국에서 이룩하신 업적을요."

"에구, 업적이라니요. 조금 남세스럽네요. 그런 말은 위인들에게나 적합한 말이잖아요."

"아뇨! 제가 판단하기에 그건 분명한 업적이에요. 한국에서도 그만한 일을 이루었던 사람이 없었다면서요."

"네? 그건 저도 잘 모르겠습니다."

"신문에 그렇게 쓰여 있어요. 회사의 지원도 없었다면서요."

"……!"

"그리고 동영상 보면서 저 반했어요. 어쩜 그렇게 멋있어요? 이 세상 어떤 배우보다도 더 진짜 같았어요."

"헐!"

라일라 아지즈가 시선을 똑바로 마주치며 빤히 바라보기에 현수는 슬쩍 시선을 돌렸다. 그럼에도 계속해서 바라보고 있는 게 느껴진다. 곤혹스런 순간이다.

"두바이에서도 김 전무님은 이제 유명인사예요. 학교 친구들도 만나기만 하면 전무님 이야기를 해요."

"그, 그래요?"

"진짜 멋있었어요. 그래서 저 반했어요."

환히 웃으며 바라보는 시선은 몹시 부담스러웠으나 애써 피할 일도 아니다 싶어 웃어주었다.

"에구, 그리 생각해 주시니 영광이네요."

"어머! 정말인데. 두바이엔 كيم هيون – سو الحب (김현수 사랑)이라는 인터넷 카페가 있어요. 전 거기 운영진 중 하나구요. 보실래요?"

말을 마친 라일라는 객실에 비치되어 있는 컴퓨터에 전원을 켠다. 그리곤 웹 사이트 주소를 입력한다.

잠시 후 모니터 가득 티저 영상이 자동 재생이 된다. 그러다 차츰 크기가 줄어든다. 그러면서 여러 아이콘이 좌우에 뜬다. 그중 자유게시판을 클릭하니 게시물 목록이 나타난다.

"보세요. 벌써 10만이 넘었어요."

가장 마지막에 작성된 107864번 게시물 제목을 클릭하니 화면이 바뀐다.

너무도 멋진 김현수 전무님!

아직 미혼이라면서요? 저는 이 사람에게 시집가고 싶어요. 하지만 우린 외국인에겐 시집을 갈 수 없는…….

불공평해요. 그죠?

무척 짧은 글이지만 달린 댓글은 그렇지 않다. 본문보다도 훨씬 더 장문의 댓글이 줄줄이 달려 있다.

두바이의 남성은 유대교나 기독교 여자와의 결혼이 가능하다. 그리고 네 명까지 처를 둘 수 있다.

반면 여성은 단 한 명의 남성과 결혼하며, 외국인과의 결혼은 금지되어 있다.

이에 대한 항의성 댓글들이 줄줄이 달려 있는 것이다.

"제 말 거짓말 아니죠?"

"그러네요."

현수는 자신을 좋아해 주는 지구 저편의 여성들에 대한 생각을 했다.

너무나 좋아서 글도 쓰고, 한국의 신문 기사 등을 번역해서 올려놓고, 여기저기서 이미지를 찾아 스크랩해 놓았다.

각각의 게시물엔 많은 댓글이 달려 있다. 그런데 그 숫자가 장난이 아니다. 가장 적은 게 22,384개이다.

열어보니 달랑 사진 한 장만 올라와 있다. 인터뷰하는 동안 찍힌 사진이다. 옆얼굴만 나온 사진이다.

그럼에도 다음과 같은 댓글이 달려 있다.

꺄악! 너무 멋져.

김 전무 옵빠는 내 거!

나 시집 쉬퍼.

내 거다. 넘보지 마.

흥! 내 남편이 왜 니 거니?

이것 다음부터는 모두 소유권 주장에 관한 글이다.

김현수는 내 남편이고, 오른쪽 가슴에 반달 모양 점이 있고, 왼쪽 허벅지엔 어린 시절에 다친 상처의 흔적이 있다는 등 그럴듯한 거짓 증거들을 내놓은 글이 있다.

그 다음엔 시부모 될 사람과 인사를 했다면서 우미내 장독대 사진이라고 올려놓은 것도 있다.

물론 처음 보는 장독대 사진이다.

이 밖에도 이슬람 국가치고는 상당히 발칙한 내용도 많았다.

최고로 많은 건 7,259,145개의 댓글이 달려 있다. 물론 신화창조 티저 영상에 달린 댓글이다. 온통 찬사뿐이다.

간혹 여자들의 집중적인 관심에 질투를 느낀 남정네의 시기심 어린 글도 있지만 수많은 질타 속에 묻혀 버렸다.

"저도 이 영상을 수십 번은 본 거 같아요. 너무 멋져요. 그래서 생각했죠. 이건 분명 분장을 하고 찍은 거라구요. 그러니 실물이 화면에 보이는 것보다 못할 거라고 생각했어요."

"⋯⋯!"

"근데 아니에요. 실물이 훨씬 더 나아요. 정말 미남이세요."

"에구!"

면전에 대놓고 하는 칭찬인지라 현수는 남세스러웠다. 하지만 어쩌겠는가! 하여 슬쩍 시선을 돌렸다.

그렇지만 크게 부담되지는 않는다. 외국인 남성과의 결혼을 허락하지 않는 관습이 있다는 걸 알기 때문이다.

그럼에도 곤혹스럽기는 마찬가지이다. 대놓고 들이대는 것이나 거의 다름없는 대화가 오간 때문이다.

그렇게 한 시간쯤 지났을 때 객실 문이 열린다.

"오오! 마법사! 여보, 내가 말한 바로 그 마법사야."

라일라 아지즈의 부친인 아미르 아지즈이다.

그의 곁에는 곱게 성장한 중년여인이 있다. 40대 초반인 듯싶은 이 부인은 라일라의 모친인 나지마 알 막툼일 것이다.

이 이름은 조금 전 라일라로부터 들었다.

"반갑습니다. 김현수라 합니다."

현수는 얼른 고개를 숙여 예를 갖췄다. 어찌 되었든 본인의 장난 때문에 먼 길을 온 손님이기 때문이다.

"······!"

나지마 알 막툼이 잠시 시선을 준다.

남편이 이 지경이 되도록 만든 장본인이라 생각해서 그런 지 호감 실린 시선은 아니다.

그러고 보니 라일라의 미모는 모친으로부터 물려받은 듯 하다. 나이가 있을 텐데 아직도 아름답다는 느낌이 든다.

"반가워요. 우선 자리에 앉죠. 여보, 당신도 앉아요."

"그, 그래! 마법사님도······."

"흠흠!"

현수는 나직하게 헛기침을 했다. 그리곤 맞은편에 앉은 아미르 아지즈를 살펴보았다. 라일라의 말대로 조금 맛이 간 듯한 표정이다. 그러고 보니 낡은 양탄자를 들고 있다.

한시도 손에서 떼지 않는다더니 실제로 그런 모양이다.

"라일라로부터 이야길 들었지요? 이 양반 좀 어떻게 해줘요. 정말 미치겠어요."

나지마 막툼의 표정엔 짜증이 배어 있다. 남편을 하늘같이 여기는 이슬람 문화권 여인답지 않게 도도하다.

"일단 자리 좀 피해주시겠습니까? 아미르 아지즈 씨와 이야길 해보고 싶으니까요."

"으음, 좋아요. 라일라, 우린 잠깐 나가자."

"네, 어머니!"

향수 냄새 풍기던 두 여인이 나가자 기다렸다는 듯 아미르 아지즈가 양탄자를 펼친다.

"한번 해보게. 날아라, 양탄자라고 말이야. 자넨 되는데 나는 왜 안 되는 거지?"

조금 전과 달리 아주 진지한 표정이다. 눈빛도 달라져 있다. 정신분열증이라도 겪는 모양이다.

"어서 해보게. 응? 날아라, 양탄자라고 말이야. 어서!"

"…그러죠! 날아라, 양탄자!"

현수의 말이 떨어지기 무섭게 양탄자가 둥실 떠오른다.

"그, 그래! 바로 이거야! 하하하! 진짜 마법 양탄자였어. 하하하! 하하하하! 거봐, 내 말이 맞잖아."

아미르 아지즈는 아무도 믿어주지 않았던 일이 현실이 되어 눈앞에 나타나자 통쾌한 기분이라도 느끼는 모양이다.

"매직 캔슬!"

현수의 입술이 달싹이자 양탄자가 바닥에 내려앉는다.

"이, 이보게, 이거 어떻게 하는 건가? 내게 가르쳐 주게. 왜 내가 하면 안 되는 건가?"

"아미르 아지즈 씨는 마법사가 아니기 때문입니다."

"그, 그럼… 자넨 마법사인가?"

"맞습니다. 그래서 내가 하면 되고 아지즈 씨가 하면 안 되는 겁니다."

"그럼, 춤추는 밧줄도?"

"네. 저 이외엔 그걸 움직이게 할 수 있는 사람은 없습니다."

"아! 그랬군. 그래서 그런 거였어."

이제야 납득이 된다는 듯 크게 고개를 끄덕인다. 그간 마음고생이 심했는지 전에 비해 많이 늙은 듯 보인다.

살짝 양심의 가책이 느껴지는 순간이다.

"아지즈 씨, 제가 마법사라는 것, 그리고 이게 마법의 양탄자라는 건 비밀입니다."

"……?"

이게 왜 비밀이냐는 표정이다.

"아지즈 씨가 특별하기 때문에 제 신분을 밝힌 겁니다. 다른 사람들은 제가 마법사라는 걸 알 자격이 없습니다."

"아, 그래서……. 알겠네. 맹세하지. 자네가 마법사라는 걸 절대 발설하지 않겠네."

"부인과 따님에게도 말씀하시면 안 됩니다."

"그래, 그러겠네."

아미르 아지즈의 고개가 크게 끄덕여진다. 이때 현수의 입술이 달싹인다.

"마나여, 이 맹세가 영원하도록 속박의 힘을 발휘하라!"

샤르르르릉—!

눈에 보이지 않는 황색 마나가 아미르의 두뇌로 스며든다.

기억을 지워 버리면 문제점이 발생될 수 있다. 그간 했던 말과 행동을 부인과 딸이 알기 때문이다.

그렇다 하여 셋 모두의 기억을 지울 순 없다. 두바이를 떠나 서울로 온 것이 설명되지 않기 때문이다.

하여 납득시켜 주고 그걸 비밀로 하도록 만든 것이다.

이는 마법사와의 맹약이니 잠꼬대로도 발설하지 않을 것이다. 뇌리에 각인되었기 때문이다.

"아지즈 씨!"

"왜 그러나?"

"부인께서 가게를 처분한 건 아시는지요?"

"아, 네. 날 위해 팔았다더군."

"그럼, 돌아가시면 무엇을 하실 겁니까?"

"글쎄? 생각해 보지 않아 아직은 무얼 할 건지 모르겠네."

"벌어놓으신 것은 많습니까?"

"돈 모아놓은 거? 조금 있기는 하네."

"아! 그렇군요."

현수는 가볍게 고개를 끄덕였다.

"기왕 서울에 오셨으니 구경 잘 하십시오."

"고맙네."

잠시 후 부인과 딸이 들어온다.

현수는 미리 약속한 대로 마법의 양탄자가 허공으로 떠올랐던 게 사실이 아니라는 설명을 했다. 아미르가 순순히 고개를 끄덕이자 둘은 크게 놀란 표정을 짓는다. 정신과 의사가 아무리 말을 해도 듣지 않던 아미르였기 때문이다.

호텔을 떠난 현수는 곧장 이실리프 무역상사로 되돌아갔다.

*   *   *

"사장님, 외출하신 동안 연락 온 곳이 있습니다."

"그래요? 어디죠?"

"홍진표 의원 사무실에서 연락이 왔습니다. 도착하시는 대로 연락 달라고 하더군요."

"알겠습니다."

"곧바로 연락해 달라고 하셨어요."

"네, 알았습니다."

사무실에 들어가 상의를 탈의한 현수는 전화기를 들었다. 계속해서 전화하라는 말을 할 것 같았기 때문이다.

"여보세요. 네, 김현수입니다."

"아! 김 전무, 보내준 옷은 잘 받았네."

"네, 그러셨어요."

"일 처리가 빨라 참 좋았네. 국방장관의 군복도 건네주었네."

어제 홍 의원을 만난 이후 현수는 이실리프 어패럴에 전화를 걸어 합의된 내용대로 해달라고 요청했다.

박근홍 사장은 이를 즉각적으로 처리했다. 그렇기에 감사 인사를 한다 생각한 것이다.

"네, 수고스러우셨겠습니다."

"그나저나 이거 물건이네."

"네?"

"자네가 보내준 항온 재킷 말이네."

서울의 10월 평균 기온은 15.1℃이다. 그런데 오늘은 새벽에 비를 뿌렸다. 하여 다른 날과 달리 쌀쌀하다는 느낌을 주었다.

수은주에 나타난 오전 10시 온도는 3℃이다. 어제 오전 10시의 온도는 10.8℃였다.

하루 만에 7.8℃나 떨어진 것이다. 게다가 바람까지 세차게 불어 체감온도는 영하권이다.

출근길 시민들은 갑자기 쌀쌀해진 날씨에 잔뜩 웅크려야만 했다. 버스와 지하철을 이용하여 출퇴근하는 홍 의원 역시 그런 시민 가운데 하나이다.

의원 사무실에 당도했으나 난로는 없다. 하여 뜨거운 녹차로 몸을 덥혔다. 그러던 중 이실리프 무역상사 직원이 당도했다는 전갈을 받고 비서관이 밖으로 나갔다.

잠시 후, 그의 손에는 항온 재킷 다섯 벌과 국방장관을 위한 군복 한 벌이 들려 있었다.

현수로부터 들은 이야기가 있기에 얼른 입어보았다. 잠시 후, 조금 전까지 느꼈던 추위가 사라진다.

하여 바람이 세차게 불고 있는 밖으로 나가보았다.

얼굴로는 차가운 공기가 느껴지지만 몸은 물론이고 주머니 속에 넣은 손은 전혀 그런 기운을 느끼지 못한다. 비슷한 시각에 항온 재킷을 걸친 보좌관들 역시 의아하다는 표정이다.

그리 두꺼운 옷이 아니다. 겉보기엔 전혀 따뜻해 보이지 않는다는 뜻이다. 그런데 한겨울에 걸칠 오리털 파카보다도 더 보온성이 좋다는 느낌을 받은 것이다.

옷을 벗어보니 금방 싸늘함을 느끼게 된다. 비서들도 그렇다고 한다. 홍 의원은 얼른 국방장관의 군복을 챙겼다.

마침 장관이 국회에 출석하는 날이다. 오늘 국방위원회가 열리기 때문이다.

잠시 후, 오정섭 국방장관은 홍 의원의 채근을 받으며 전투복으로 갈아입었다. 그리곤 놀라운 효능을 몸으로 겪었다.

겉보기엔 여느 군복과 다름없다.

두께가 더 두꺼운 것도 아니다. 그런데 조금 전까지 느껴지던 쌀쌀함이 완전히 사라지니 어찌 놀라지 않겠는가!

홍 의원은 국내에서 개발된 것이며 항온 기능이 있다는 설명을 해주었다. 처음엔 농담이라 생각한 듯 웃기만 하던 국방장관이다. 하지만 항온 전투복의 놀라운 효능을 느끼곤 이게 대체 뭔가 하는 표정을 짓는다.

그리곤 벗어서 샅샅이 살펴본다. 상식적으로 납득되지 않는 현상이기 때문이다. 그러나 아무런 차이점도 발견할 수 없다. 하여 고개를 갸웃거린다.

"대체 뭐로 만든 거죠? 겉보기엔 똑같은데……."

오정섭 국방장관은 공군 출신이다. 그리고 공군은 타 군에 비해 의식이 깨어 있다는 평가를 받는다.

"홍 의원님, 이 전투복, 국산이라고 하셨지요?"

"그렇습니다. 이실리프 어패럴이란 회사에서 얻은 겁니다."

"이거 장병들의 군복으로 괜찮을 것 같은데요. 그쪽에 아는 분 있으십니까?"

"그곳의 대주주를 잘 알죠. 아마 장관님께서도 아는 사람일 겁니다."

"저도 안다고요?"

"하하! 네. 아주 유명한 사람이니까요."

"누구죠, 그 사람이?"

홍 의원은 거저 가르쳐 줄 마음이 없다는 듯 묘한 표정을 지었다. 하지만 이내 생각을 바꾼 듯 말을 이었다.

"근일 내 공관으로 그 친구가 찾아뵙도록 하죠. 제가 보냈다고 하면 만나주십시오."

"물론입니다. 그나저나 회의 늦겠습니다. 가시죠."

"아! 그러네요. 근데 시간이……. 그냥 군복 입고 가십시오."

"네. 그러지 않아도 그럴 생각입니다. 날씨가 좀 쌀쌀하네요."

입고 온 양복은 오늘처럼 쌀쌀한 날씨엔 춥다는 느낌을 준다. 그렇기에 따뜻함이 느껴지는 항온 전투복을 택한 것이다.

아무튼 홍진표 의원은 현수에게 오정섭 국방장관과의 대화 내용을 이야기해 주었다.

그리곤 장관의 직통 전화번호도 가르쳐 주었다.

"참, 해군 관계자들과도 곧 만나게 될 것이네. 빠르면 내일일 수도 있으니 자네가 말한 그 엔진을 준비해 주게."

"네, 알겠습니다."

현수는 군부 쪽 사람들과 접촉하게 된 것이 흡족했다. 하여 가급적 빨리 만나게 해달라는 말을 끝으로 통화는 끝났다.

그리곤 곧바로 두 가지를 메모했다.

하나는 국방장관을 만났을 때 할 말이다.

두 번째는 해군 관계자들을 상대할 때 준비할 것 등이다.

논리적이어야 하기에 메모의 양이 상당히 많았다. 그러던 어느 순간 노란 포스트잇이 시선에 들어온다.

이은정 실장이 사장실에 들어온 것이다.

함민정이란 분 전화가 와 있습니다. 연결해 드릴까요?

처음 보는 이름이기에 의아하다는 표정으로 바라보았다.

그런데 이를 그러라는 뜻으로 이해했는지 고개를 살짝 숙이고는 밖으로 나간다.

띠리리링! 띠리리링─!

전화 연결음이 들리기에 수화기를 집었다.

"여보세요. 전화 바꿨습니다."

"아! 김현수 전무님."

여자의 음성이기는 한데 누군지 알 수 없어 갸웃거렸다.

"네, 누구시죠?"

"어젯밤에 뵈었던 김지윤 대리의 엄마 되는 사람입니다."

"아, 어머님! 김 대리는 괜찮습니까?"

"네, 지윤이는……. 어제는 정말 실례가 많았습니다. 너무 젊으셔서… 그리고 어두워서……. 지윤이에게 많이 들었지만 전무님을 직접 만날 거라곤 생각지 못해서……. 어젠 죄송했습니다."

"아이고, 아닙니다. 오해인지 아는 걸요. 전 괜찮습니다."

"지윤이가 회사에서 누군가를 사귄 것 같아요. 근데 요즘 침울해 있고, 그래서… 전무님이 그 사람이라 생각해서 제가 막말을 했습니다. 사과드립니다."

"아닙니다. 정말 괜찮습니다. 그나저나 김 대리가 누구와 사귀었는지는 모르십니까?"

"네, 몰라요. 말을 안 해서. 우리 지윤이가 실수하고 그러는 게 있더라도 너그럽게 받아주셨으면 합니다."

"네, 그런 건 걱정 마십시오."

"아무튼 죄송합니다. 이 말씀 드리려 전화한 거예요."

"네, 알겠습니다. 그리고 어제 일은 잊어버리세요."

"네, 고맙습니다. 그럼, 안녕히 계세요."

전화를 끊고는 피식 실소 지었다. 어젯밤의 일이 떠오른 때문이다.

'그나저나 회사의 누구지? 흐음, 물어볼 수도 없고……'

현수가 상념을 떨치려 고개를 흔들었다. 지금은 이런 생각을 하고 있을 때가 아니기 때문이다.

'참, 미행하는 놈들이 있었지? 흐으음!'

생각난 김에 와이드 센스 마법으로 주변을 살폈다.

그런데 상당히 많은 사람이 움직이고 있기에 지금은 적합하지 않은 마법이다.

"끄으응! 일단 나가봐야 하나? 그래, 나가보자."

차를 몰고 간 곳을 이실리프 어패럴이다.

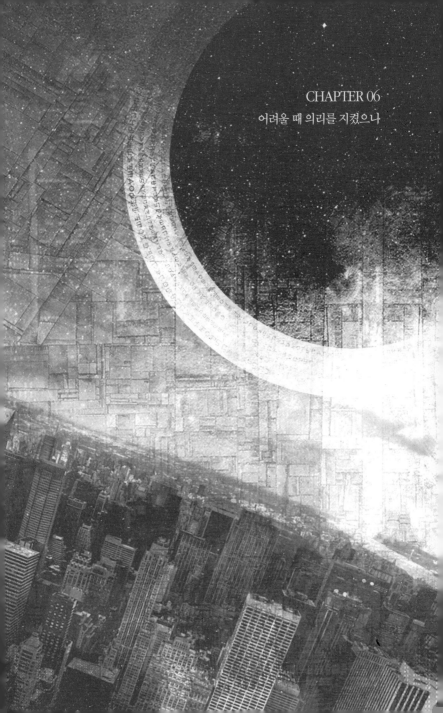

CHAPTER 06
어려울 때 의리를 지켰으나

"아! 전무님, 어서 오십시오."

"네, 어제 저 때문에 상당히 바쁘셨죠?"

"아이고, 아닙니다. 그런 게 우리 일인걸요. 참, 샘플로 드린 전투복은 장관님께 언제 전달된다고 합니까?"

"이미 전달되었다고 합니다. 오늘 국방위원회 회의가 조금 늦게 끝난다니 내일쯤 찾아뵐 생각입니다."

"아! 그렇습니까? 기대되는군요."

박근홍 사장이 싱긋 미소 짓는다. 국방장관이 항온 전투복을 채택하겠다고 하면 일이 수월할 것이라 기대하는 모양이다.

"좋은 결과가 있겠지요."

"우리가 더 준비할 것은 뭐가 있겠습니까?"

"아무래도 샘플이 조금 더 있어야 할 것 같습니다. 열 벌쯤 준비해 주세요."

"알겠습니다. 참, 어제 로버트 켈리 중령이 우리 회사를 방문했습니다."

"그래요?"

"전투복 10만 벌 공급 계약을 했습니다. 그리고 전투화 10만 족과 헬멧 10만 개 임가공 주문도 받았구요."

"잘됐네요. 가격은 어떻게 하기로 하셨습니까?"

"전에 말씀하셨던 대로 전투복은 300달러씩, 전투화와 헬멧은 각기 150달러씩 받기로 했습니다."

말을 하며 서류철을 꺼내 보여준다.

전투복 3,000만 달러, 전투화 임가공 1,500만 달러, 헬멧 임가공 1,500만 달러이니 합계 6,000만 달러이다.

한화로 환전하면 약 750억 원짜리 주문이다. 선수금으로 총액의 30%를 받기로 했으니 내일 중으로 225억이 들어온다.

이실리프 어패럴의 가용 자금이 풍족해지는 것이 마음에 든다는 듯 박 사장의 만면엔 웃음이 배어 있다.

"수고하셨습니다."

"수고는요. 참, 오늘은 무슨 일로 오신 겁니까?"

"두바이를 거점으로 이슬람 세계에도 진출해야 하지 않겠습니까? 돈도 많고 사람도 많으니 장사 좀 되지 않겠습니까?"

"두, 두바이요?"

"엄청 더운 나라 아닙니까? 수요가 만만치 않겠지요?"

"그, 그럼요. 내놓기만 하면 날개 돋친 듯 팔려 나갈 겁니다."

"그래서 말입니다. 그쪽 사람들의 의복을 조사해 주십시오."

"알겠습니다. 내일 중으로 보고 드리지요."

"에구, 보고는요. 이실리프 어패럴의 경영자는 박근홍 사장님입니다. 저는 그냥 옵서버 정도로 여겨주십시오."

"아닙니다. 어찌 그럴 수가 있습니까? 항온 의류는 전적으로 김 전무님이 있으니까 가능한 건데요."

"아무튼 그냥 조사된 걸 이메일로 보내주십시오. 어찌 적용할 건지 저도 연구 좀 해봐야 하니까요."

"알겠습니다."

박근홍 사장이 얼른 고개를 끄덕인다.

콩고민주공화국과 러시아에 팔 물량도 많지만 아랍 쪽도 만만치 않을 것이다.

회사 입장에서는 다다익선이니 능력만 되면 무조건 진출

해야 한다고 생각한다. 그렇기에 입가엔 미소가 배어 있다.

회사가 쑥쑥 크는 모습이 눈에 선하기 때문이다.

"내복 제조도 신경 쓰고 계신 거죠?"

"물론입니다. 보건복지부에서 요구하는 수준 이상의 것을 만들려고 원단 매입 중입니다. 그나저나 큰일입니다."

"네? 뭐가요?"

"기존의 하청 공장만으론 납기일 맞추기가 여의치 않습니다. 24시간 풀가동해도 추가 생산은 어렵습니다. 하여 새로운 거래처를 뚫거나 우리가 공장을 차려 직접 제조해야 하는 상황입니다. 어찌해야 할지……."

"그럼 기존 업체들을 더 키우는 건 어떤가요?"

"그건 말이죠……."

까사가 망해서 쓰러져 갈 때 하청 공장은 두 가지 부류로 구분되었다. 극악스럽게 쫓아 들어와 돈 내놓으라고 소리치거나, 묵묵히 기다려 준 업체로 나뉘는 것이다.

현재는 후자와 거래 중이다. 이해는 되지만 어려울 때 자기 혼자 살겠다고 했던 업체와는 거래를 끊은 것이다.

아무튼 그들만으로도 지금까지는 괜찮았지만 조만간 필요량을 생산해 낼 능력이 부족해진다. 하청업체들이 영세하기에 확장하는 것이 쉽지 않기 때문이다. 물론 돈이 없어서이다.

설명을 들은 현수는 잠시 생각에 잠겼다. 하지만 그 시간은 그리 길지 않았다.

"그럼 하청업체들을 지원해 주세요. 원청과 하청은 서로를 키워주는 사이가 되어야 하잖아요."

"네? 그럼 투자한 만큼 지분을 확보해서……."

박 사장의 말은 중간에 끊겼다.

"아뇨. 그냥 돈만 빌려주는 걸로 하세요. 그런 게 원청이 하청을 야금야금 잡아먹는 수법이거든요."

"네? 그게 무슨……?"

"대기업들이 기술력 갖춘 중소기업을 그런 식으로 해서 먹잖습니까. 전 그걸 참 안 좋게 생각하거든요."

"그래요? 저도 그건……. 알았습니다. 그렇게 하죠."

이실리프 어패럴은 이제 돈이 넘쳐난다. 그 돈을 최대 주주가 원청과 하청의 융화를 위해 쓰자고 한다.

누가 들어도 마음 흐뭇할 일이다. 그러니 만면에 미소 지으며 흔쾌히 고개를 끄덕였다.

"제 생각에 우리 상품은 지속적인 물량 증가가 있을 것으로 사료됩니다. 그러니 하청업체의 생산 능력이 대폭적으로 확장되어야 합니다. 무슨 말인지 아시죠?"

"그럼요! 확실하게 키워주겠습니다."

"하하, 네."

기분 좋아하는 박 사장을 보니 현수 또한 흐뭇해졌다. 그렇기에 환한 웃음을 지어주었다.

"참, 마트와 백화점 영업은 어떻게 되었습니까?"

"아! 그거요?"

기다리던 질문이라는 듯 박 사장은 자세를 바로하며 환한 웃음을 짓는다.

"어제 L백화점 바이어를 만났습니다. 러시아 수출용으로 제작한 항온 재킷과 바지를 들고 나갔지요."

"뭐라던가요?"

현수의 물음에 박 사장은 서류 가방에서 뭔가를 꺼낸다.

"이게 이번에 새로 제작한 브로셔인데 한번 보시죠."

페이지 수는 얼마 안 되지만 제법 두툼하다. 질 좋은 종이를 쓴 모양이다. 표지엔 환한 웃음을 짓고 있는 이수연이 털 달린 재킷을 걸친 사진이 있다.

현수는 깜짝 놀라는 표정을 지었다.

"어라?"

"탤런트 겸 가수 이수연 양입니다. 아시죠?"

현수가 이수정의 남자친구라는 기사가 있었기에 그녀를 선택한 모양이다.

"네, 알죠."

다음 장을 펼치니 여러 디자인의 재킷이 보인다. 그리고 아래엔 최첨단 기술이 적용된 항온 재킷에 관한 내용이 있다.

"잘 만드셨네요."

"수출용 브로셔는 따로 제작할 생각입니다. 제 생각엔 요즘 인기 최고인 이리냐 양이 어떨까 싶습니다. 러시아 사람이니 괜찮지 않을까요?"

"좋은 생각입니다. 그런데 이리냐 양 하나로 되겠습니까? 추가로 외국인 모델을 하나 더 알아보시죠. 그리고 남자 모델은요? 누굴 점찍었습니까?"

"그야 당연히 전무님이죠."

"네? 저요? 농담이시죠?"

"아뇨. 요즘 대세는 전무님입니다. 바쁘시겠지만 시간 내서 스튜디오를 방문해 주십시오."

"안 됩니다. 제가 어떻게……."

"모델료 톡톡히 쳐 드리겠습니다. 꼭 찍으셔야 합니다."

"헐!"

표정을 보아하니 진심인 듯싶기에 현수는 난감한 표정을 지었다.

"혹시 아는 외국 모델 있으면 추천해 주십시오."

"제가 어떻게 알겠습니……. 아, 아는 사람이 하나 있기는 한데 모델을 하겠다고 할지는 모르겠네요."

현수의 뇌리를 스친 인물은 예카테리나 일리치 브레즈네

프이다. 도모비치 상사와 처음 계약을 체결할 때 드미트리가 데리고 왔던 하버드 대학 로스쿨 출신 변호사이다.

그리고 구소련 연방의 제5대 공산당 서기장이었던 레오니트 일리치 브레즈네프의 증손녀이기도 하다.

예카테리나는 자신의 이름이 길다면서 까챠라 불러달라고 했었다. 처음 보았을 때 그녀는 몸에 착 달라붙는 검정 투피스를 입고 있었다. 인형처럼 예쁜 얼굴에 몸매까지 좋았다는 것이 첫인상이다. 그래서 문득 떠오른 것이다.

'오랜만에 드미트리에게 전화 한번 해봐야겠군.'

현수가 까챠와 드미트리를 떠올리는 순간 박 사장이 바싹 다가앉는다. 듣던 중 반가운 소리라는 뜻이다.

"그래요? 아무튼 연락 한번 해주십시오. 곧바로 제작에 들어가야 하니까요."

"그러죠."

"참, 그 이야기 하다 말았네요. 어제 만남 L백화점 바이어가 그러더군요. 자기들에게만 독점으로 공급해 줄 수 없느냐고."

"그래서요?"

"백화점 입장에선 우리 이실리프 어패럴은 신생 의류회사입니다. 이런 경우 백화점 마진이 대략 35%쯤 됩니다."

"네? 그렇게나 많아요?"

현수는 깜짝 놀랐다는 표정을 지었다.

백화점이 어느 정도 이익을 남길 것이라고는 생각했지만 너무나 많기 때문이다.

"네. 예를 들어 옷 한 점을 10만 원에 판다고 치면……."

잠시 박 사장의 설명이 이어졌다. 다음이 그 내용이다.

의류회사에서 원가 2만 원짜리 옷을 가져오면 그 가격은 10만 원 정도로 정해진다.

백화점 마진 3만 5천 원, 매니저 수수료 1만 5천 원, 본부 판매 관리비 6천 원을 빼고 나면 2만 4천 원이 이익이다.

원가 대비 120% 이익률이다.

그런데 여기서 프로모션비와 홍보비 등이 빠져나간다.

백화점 홈페이지 메인 배너는 1회성이 3백만 원이다. 사이드 배너는 100만 원, 메일링이 50만 원이다.

이 밖에 매장 인테리어 비용도 지불해야 하고 사은품도 준비해야 한다.

이것저것 다 빼고 나면 남는 게 얼마 안 되거나 적자가 된다. 유통업체는 앉아서 돈을 벌고, 소비자는 비싼 의류를 매입하게 되는 것이다.

설명을 모두 들은 현수는 난감한 표정을 지었다.

"흐음, 마진이 35%나 된다면 굳이 백화점에 진출할 필요가 없겠네요. 소비자들만 봉 되는 거니까요."

"네, 그래서 그런 마진을 보겠다면 백화점 매장에 들어가지 않겠다고 했습니다."

"그랬더니 뭐라던가요?"

"술이나 한잔하면서 이야길 하자더군요."

"호오, 그래서요?"

점점 흥미로워진다는 표정을 짓자 박 사장이 개구진 웃음을 짓는다.

"그래서 따라갔죠. 크흐흐, 백화점 바이어가 사주는 술을 다 마셔보네 하면서요."

"1차로 뭐 드셨습니까?"

"횡성한우 좋더군요. 육질도 맛도. 그거 다 먹고 룸살롱에 갔습니다. 크흐흐흐!"

박 사장은 그날의 일이 생각나는지 음흉한 웃음을 짓는다.

"그래서 많이 드셨습니까?"

"많이 먹고 마셔서 바가지 팍 씌웠지요. 하지만 취하진 않았습니다. 아무튼 술을 마시는 동안 계속해서 독점 이야길 하더군요. 우리 것이 돈이 된다 생각한 모양이에요. 하여간 돈 냄새 맡는 데는 귀신이에요, 귀신!"

"바이어니 당연히 그렇겠죠. 그래서요?"

"독점 못해준다고 딱 잘라 말했습니다. 그리고 백화점에 들어가도 마진 그렇게는 못 주겠다고 했죠."

"후후, 뭐라던가요?"

현수는 백화점 바이어의 표정이 어떨지를 상상해 보았다. 보나마나 떫은 감이라도 씹은 표정이었을 것이다.

"독점으로 해주면 마진을 조금 내리겠다고 합니다."

"호오, 그래요? 얼마까지 내린다고 하던가요?"

"30%까지 내려준다고 하더군요."

"그래서요?"

"낄낄, 그렇게는 못하겠다고 했습니다. 그랬더니 원하는 수준이 뭐냐고 하더군요. 그래서 말했습니다. 백화점 마진 10%라구요. 크흐흐, 그 녀석 얼굴이 시뻘게지더군요. 크흐흐흐!"

"후후, 통쾌했겠습니다."

"크크크! 네, 앓던 이 빠진 것보다도 더 시원하더군요. 크흐흐흐!"

이전에 당했던 것이 생각났는지 박 사장은 계속해서 웃기만 한다.

"잘하셨네요. 백화점이나 마트 영업에 관한 권한은 전적으로 박 사장님께 드리겠습니다. 말씀하신 수준이 되면 들어가고 아니면 하지 마세요. 인터넷에 직영 쇼핑몰을 내면 되니까요."

"아! 인터넷 쇼핑몰, 그거 좋군요."

박 사장은 번뜩이는 아이디어가 있는지 얼른 무언가를 메모한다.

"아무튼 수고 좀 해주세요."

"물론입니다. 다 회사가 크는 일인걸요. 그나저나 인원이 조금 더 있어야겠습니다."

"네, 알아서 뽑으세요. 단, 비정규직은 안 됩니다. 모두 정규직으로만 뽑으세요. 참, 화장실이나 복도 청소하는 아주머니들 모두 파견직이죠?"

"네, 현재는 용역회사와 계약을 해서……."

"그분들, 모두 정규직으로 전환시켜 주세요. 우리 회사를 위해 일하시는 분들이잖아요."

"알겠습니다. 그렇게 하죠."

현수의 뜻이 무엇인지 가늠했다는 듯 고개를 크게 끄덕인다.

"앞으로도 우리 회사는 비정규직이 없습니다. 그리고 신입사원 뽑을 때에도 인턴은 뽑지 마세요."

"네?"

"기업들이 인턴사원을 뽑는 거, 그거 달리 보면 비정규직 뽑는 거나 다름없습니다. 인턴 기간 동안 월급 적게 주고, 그 기간만 지나면 곧바로 자를 수 있잖아요."

"아, 네."

박 사장이 알고 있다는 듯 고개를 끄덕인다.

"사원을 뽑을 때 출신 대학은 보지 마십시오. 저 삼류대학 출신인 거 아시죠?"

웃음 띤 현수의 얼굴을 보며 박 사장은 또 고개를 끄덕인다. 그러거나 말거나 현수의 말은 이어진다.

"외국과의 직접적인 영업을 위한 영업직은 토익이나 토플 점수보다는 회화가 가능한지를 확인하십시오."

토익의 경우 시험을 보기 위한 접수 비용이 42,000원이다.

특별 접수는 이보다 10% 많은 46,200원이다. 토플의 경우는 한 번 시험 보는 데 무려 20만 원이나 내야 한다.

2012년에 토익과 토플에 응시한 연 인원은 각각 235만 명과 12만 명이다. 응시 비용만 1,200억 원이 넘는다.

이 중 시험 주관사인 미국 ETS에 지급된 로열티만 339억 원이다. 영어 능력 시험 보느라 국부가 빠져나간 것이다.

"국내 업무만 볼 사람들에겐 굳이 영어 실력을 요구하지 마십시오. 그거 괜한 낭비입니다."

"……!"

"대학의 학점도 볼 필요 없습니다. 회사 업무만 제대로 할 수 있으면 되니까요. 대신 남자의 경우엔 군필 여부를 꼼꼼히 따져 주십시오. 석연치 않은 이유로 면제받은 사람은 아무리 좋은 실력을 가졌어도 가급적이면 뽑지 마세요."

"알겠습니다. 그런데 여자의 경우는 어쩌죠?"

"여직원을 뽑을 땐 사진 없이 서류전형 먼저 하십시오."

"아! 얼굴을 보지 말라는 말씀이신 거죠?"

"그렇습니다. 예쁘다고 뽑고 뚱뚱하거나 못생겼다고 내치는 일은 없어야 합니다. 회사에서 필요한 건 외모가 아니라 업무 능력과 융화니까요."

"전무님 말씀을 적극 적용하겠습니다."

"에구, 그리고 보니 제가 경영에 간섭한 셈이네요."

현수가 어색한 웃음을 짓자 박 사장이 손사래를 친다.

"아닙니다. 다 맞는 말씀인데요."

"아무튼 직원들이 기분 좋게 일할 수 있는 직장으로 만들어보세요. 많이 남을 테니 많이 베푸시구요."

"무슨 말씀이신지 알겠습니다."

박근홍 사장은 크게 고개를 끄덕였다.

직장인 대부분이 월요일이 오는 걸 싫어한다. 그런데 그걸 깨달라는 뜻이다.

그러려면 회사에서의 생활이 즐거워야 한다.

높은 연봉을 준다 하여 반드시 그런 건 아니다. 박 사장은 어찌하면 그런 회사를 만들까를 고심하기 시작했다.

자신도 그런 직장에서 일하고 싶기 때문이다.

그 결과 이실리프 어패럴은 중소기업이지만 대다수 취업

준비생들이 가고 싶어 하는 몇 안 되는 회사에 포함된다.

급여는 대기업과 동등한 수준이다.

출근은 오전 10시, 퇴근은 오후 5시이다.

하루 일곱 시간 근무인 셈이다. 이중 점심시간 한 시간을 빼고 나면 업무는 여섯 시간 동안 보는 것이다.

대신 업무 집중도를 높여달라는 요구를 한다.

일하는 시간으로 따져 보면 대기업보다도 급여가 세다.

모든 공휴일은 쉬며, 공휴일이 토요일, 또는 일요일인 경우 차주 월요일을 쉰다. 대체 휴일이 적용되는 것이다.

그리고 일 년을 넷으로 나눠 계절별 휴가가 주어진다.

3~6월엔 봄 휴가 4일, 7~9월엔 하계휴가 7일, 9~11월엔 가을 휴가 4일, 12~2월엔 동계휴가 7일이 주어진다.

모두 유급 휴가이다. 휴가 기간 동안 숙박업소를 이용한 비용의 3분의 2는 회사에서 부담해 준다.

이 밖에 장기근속 휴가도 있다.

근무 기간이 5년이 될 때마다 추가로 15일간 휴가가 주어진다. 이때엔 항공비 전액, 숙박비 전액이 지원된다.

직원 자녀들의 학비 지원도 있다.

근속 기간이 3년을 넘으면 자녀수와 관계없이 대학 졸업까지 모든 입학금과 등록금을 지급한다.

근속 기간이 10년을 넘을 경우엔 직급에 관계없이 차량 지원도 해준다.

점심 식사는 회사에서 제공한다. 뷔페식으로 자신이 원하는 것을 골라 먹을 수 있도록 할 계획이다.

이실리프 어패럴은 조만간 사옥을 이전할 계획이다. 하청업체들 역시 규모 확장을 위한 이전을 해야 한다.

이때 가급적 본사 인근에 모여 있도록 할 생각이다.

이럴 경우 하청업체 직원들 역시 본사에서 제공하는 점심 식사를 할 수 있다. 비용은 별도로 청구하지 않을 생각이다.

돈은 더 들겠지만 교통비 및 통신비용이 절감된다. 또한 본사와 하청업체 간의 긴밀한 협조와 융화가 이루어질 수 있다.

"참, 최 대령으로부터 별도의 전화는 없었습니까?"

"왜 없었겠습니까? 오늘도 벌써 여러 번 왔습니다. 우리가 미군과 계약한 걸 알게 된 모양입니다. 언제 부작용을 해결했느냐면서 빨리 계통을 밟아달라고 난리입니다."

"강철환도 전화했습니까?"

"네, 조금 전에 전화 왔었습니다. 어쩌면 이따 이리로 올지도 모르겠습니다."

"흐음, 여전히 정신들 못 차리는군요. 이제 그 사람들과 통화하거나 대화할 경우 전부 녹음해 주세요. 국방장관님을 뵐때 드려야겠습니다. 그럼 좀 조용해지겠지요."

"…크흐흐흐, 알겠습니다. 녹음된 파일은 전무님께 이메일로 보내 드리겠습니다."

강철환 예비역 대령은 아니지만 최세창 대령과 선진식 소령은 현재 국방장관 관할하에 있다. 군수품 납품 비리와 연관되었다는 것이 알려지면 어떠한 처벌을 받을지 뻔하다.

그렇기에 나직한 웃음을 지은 것이다.

이실리프 어패럴을 나선 현수는 곧장 역삼동 이실리프 상사로 향했다. 거기엔 영등포에서 배달되어 온 SUS 304 0.35T 만 1,000만 장이 모셔져 있다.

서둘러 아공간에 담고는 곧장 천지건설 본사 옥상으로 텔레포트했다. 이실리프 어패럴과 울림네트워크에 줄 마법진 제작을 위함이다.

결계를 치고 들어가 습관처럼 타임 딜레이 마법을 구현시켰다. 지금부터 시간이 오래 걸릴 일을 해야 하기 때문이다.

그리곤 찬찬히 마법진들을 만들었다.

콩고민주공화국과 에티오피아에 수출할 여름용과 이제 곧 다가올 겨울을 위한 항온 마법진부터 만들었다.

마법진은 처음 하나를 만들 때만 고도의 집중을 요구한다.

그다음엔 퍼펙트 카피라는 훌륭한 마법이 무수히 많은 복제품을 만들어준다. 마나석까지 모두 끼워 넣은 상태이다.

다행히 유카리안 영지 마나석 광산에서 가져온 마나석의 질이 좋고 수량도 많기에 가능한 일이다.

엔진 효율을 높여줄 마법진도 이런 방법으로 만들어졌다. 이것들도 언제든 가동 가능하도록 준비했다.

내친김에 발전소 보일러용 마법진을 만들었다.

공급되는 연료를 완전히 연소시키려면 산소가 충분히 공급되어야 한다. 과유불급이라는 말이 있듯 너무 많아도 안 된다.

그래서 적당한 수준을 맞추느라 애를 먹었다. 아무튼 이를 해결하기 위해 흡입 마법진을 그렸다.

다음은 손실되는 열을 모두 잡아두기 위한 결계 마법진이다.

눈에 보이지는 않지만 외부로 빠져나가는 열을 몽땅 차단하는 효과를 가졌다.

다음은 스케일[3]이 끼지 않도록 파이프 전체에 그리스 마법이 걸리도록 하는 마법진이다. 이것만으론 부족하다 싶어 계면 활성 마법을 추가했다. 이 정도면 스케일이 절대 낄 수 없다.

이러면 원활한 열전달이 되어 효율이 올라간다.

다음은 수차와 터빈에 적용될 마법진이다. 이것들이 회전

---

3) 스케일(Scale):관석(罐石)이라고도 한다. 물속의 용해 고형물이 고온의 보일러 내에서 점차 농축, 축적되어 여러 가지의 화학적 또는 물리적 작용을 받아 결정을 석출하고, 이것이 전열면의 보일러 내면에 부착하여 굳어진 것. 스케일은 열전도율이 0.7~3kcal/mh℃인 열의 불량 도체이기 때문에 이것이 부착, 생성되면 열전달이 저해된다.

할 때 걸리는 저항을 줄여주는 리듀스 마법진과 원활한 회전을 위한 그리스 마법진을 중첩시켜 적용시켜 보았다.

효과는 실험을 해보면 알게 될 것이다.

내친김에 선박 엔진을 위한 마법진도 만들어냈다. 어차피 만들 것이니 시간 난 김에 미리미리 만든 것이다.

물론 개개의 엔진마다 제조사가 다를 것이니 현장에서 조금씩 수정하면 되도록 만들었다.

"휴우~! 다 됐군."

이마에 맺힌 땀을 닦아낸 현수는 흐뭇한 표정을 지었다. 밀린 숙제를 한몫에 해낸 것 같은 뿌듯함을 느낀 때문이다.

"이제 이쪽 일은 대강 준비되었으니 슬슬 저쪽으로 넘어가볼까?"

마법진들을 아공간에 넣은 현수는 복장 점검을 했다.

이제부턴 아르센 대륙 최고의 마법사인 이실리프 마탑의 마탑주가 되어야 하기 때문이다.

"후후, 라세안은 잘 있겠지? 자, 마나여, 나를 아르센으로 데려다 줘. 트랜스퍼 디멘션!"

샤르르르르릉—!

현수의 신형이 천지건설 본사 옥상에서 스르르 사라졌다.

* * *

"흐으음! 여긴 역시……."

싱그럽고 상쾌한 공기가 폐부 깊숙이 스며들자 청량감이 느껴져 저도 모르게 중얼거린 말이다.

"여긴… 알베제 마을 외곽이군."

좌표를 확인한 현수는 피실 실소 지었다. 아드리안 공국으로 가야 하는데 실수한 것이다.

"내친김에 올테른을 들러봐야겠군. 케이상단 알론에게 주문해 놓고 안 찾아간 것이 있으니."

만드라고라를 가급적 많이 구해달라고 해놓고는 그걸 챙기지 못했다. 아르센 대륙의 상인 가운데엔 신용을 목숨처럼 여기는 이들도 많다.

만일 알론이 그들 가운데 하나라면 비싼 만드라고라를 잔뜩 쌓아두었을지도 모른다. 이실리프 마탑에서 온 마법사라 했을 때 지나칠 정도로 정중하게 대했으니 분명히 그럴 것이다.

마법사 대부분이 괴팍한 성격 내지는 성품을 가진 것으로 알려져 있기 때문이다.

"내가 실수한 건지도 몰라. 벌써 시간이 많이 흘렀는데."

올테른을 떠난 날은 2월 2일이다. 그리고 오늘은 9월 22일쯤 되었을 것이다. 7개월 하고도 20일이 지났다.

이 정도면 장사에 지장을 주고도 남았을 것이다. 자금의 흐름을 막아놓은 셈이기 때문이다.

"가보면 알겠지. 텔레포트!"

샤르르르르룽—!

또 한 번 현수의 신형이 사라졌다.

"여긴, 흐음, 제대로 오긴 왔군."

현수의 신형이 나타난 곳은 헤론쩜과 슬럼이 일품이었던 세실리아 여관 인근 공터이다.

"후후, 세실리아는 잘 있을까?"

돌아올 때까지 기다린다고 했던 순정파 세실리아를 떠올린 현수는 피식 실소를 지었다. 비누를 줄 때 어찌나 좋아하는지 입이 함지박만큼 크게 벌어진 때가 생각난 때문이다.

현수는 주위를 둘러보며 천천히 케이상단으로 향했다. 일곱 달쯤 지났지만 별반 달라진 것은 없어 보인다.

상단 입구에 당도하자 전형적인 상인 복장을 한 사내가 의자에 앉아 있다가 일어선다.

"어서 오십시오. 저희 상단을 방문해 주셔서 감사합니다. 찾으시는 물건이 무엇인지 말씀해 주시면 도와드리겠습니다."

정중히 묻는 상인을 본 현수는 웃음 띤 얼굴로 물었다.

"알론을 보고 싶네. 불러줄 수 있겠는가?"

"알론 서기님이요? 저어, 누구시라고 할까요?"

이곳 케이상단 제7지부에서 가장 높은 이는 말링코 지부장이다. 다음이 서기인 알론이다.

말링코는 방향만 지시하고 서기인 알론은 지부의 대소사를 관장하며 상행에 관한 대부분의 결정을 내린다. 그런 직속 상관을 만나러 왔다고 하자 얼른 고개를 숙이며 조아린다.

"하인스 킴이라 하면 안다 할 것이네."

"알겠습니다. 잠시만 기다려 주십시오."

상인이 종종걸음으로 사라지자 주위를 둘러보았다. 현수의 눈에는 조악해 보이지만 이곳에선 유용하게 쓰이는 것들이다.

나무로 만든 쟁기도 있고 물속에 들어가면 금방 끊어질 것 같은 갈대 비슷한 것을 꼬아서 만든 그물도 있다.

쇠스랑 비슷한 것도 있는데 목재다. 삽이 있는데 철이 귀해서 그런지 날 부분만 쇠로 되어 있고 나머진 목재다.

호미도 목재다. 낫은 없지만 정글도 같은 농기구도 있다. 이것만은 철로 만들어졌지만 한눈에 보기에도 조악했다.

하지만 이곳에선 요긴하게 쓰일 것이다. 하나하나를 살피던 현수는 고개를 끄덕였다. 알론이 만드라고라를 준비해 주었다면 무엇으로 보상할 것인지를 결정한 것이다.

"아이고, 어서 오십시오. 정말 오래간만입니다."

"그래, 잘 있으셨는가?"

"그럼요. 그런데 어찌 소인에게 하대를 하지 않으십니까? 전처럼 말을 놓아주십시오. 듣잡기에 송구합니다."

"송구하기는, 보아하니 잘 있었던 듯싶으이."

"네, 대마법사님의 염려 덕분에 아주 잘 지냈습니다요. 그런데 이곳엔 어쩐 일로 오셨는지요?"

알론은 지나치다 할 정도로 굽실거린다.

그리고 시선도 제대로 마주치지 못한다. 현수가 대륙에 소문난 바로 그 마법사라는 것을 알기 때문이다.

"일전에 만드라고라를 가급적 많이 구해달라는 청을 해놓고도 깜박하고 그냥 있었네."

"아! 그건 저희가 잘 보관하고 있습니다. 지금 내올까요?"

"그래, 그래주면 고맙겠네."

"네, 그럼 잠시만 기다려 주십시오."

말을 마친 알론은 뒷문을 열고 건물 뒤쪽으로 사라졌다. 아까 안내를 해줬던 상인은 구석에 서서 부들부들 떨고 있다.

"날씨도 그리 서늘하지 않거늘 어찌 그리 떨고 있는가?"

"네? 저, 저요? 저, 저, 저, 저는… 아깐 대마법사님이신 줄도 모르고… 죽을죄를 지었습니다. 제발 한 번만 용서해 주십시오. 흐흑! 집에 노모와 어린 아이들이 있습니다요."

"⋯⋯?"

이게 웬 황당한 상황인가 싶어 바라보니 바닥에 부복하며 울음을 터뜨린다.

"대, 대마법사님을 제대로 알아보지 못한 이놈의 눈만 빼시고 제발 목숨만은 살려주십시오. 흐흐흑! 제발이요."

"⋯⋯!"

현수는 아무런 대꾸도 하지 않았다. 아르센 대륙에서 마법사들이 어떻게 하고 다니는지 능히 짐작되었기 때문이다.

CHAPTER 07
케이상단에서

'허어, 이거야 원……. 여기 마법사들은 심기만 어지럽혀
도 사람 목숨을 빼앗았나? 흐음, 이건 아니지. 나중에 버르장
머리들을 고쳐 놓아야겠군.'

"대마법사님, 정말 죽을죄를 지었습니다. 하지만 제발 용
서하여 주시길 간청 드리옵니다. 흐흐흑!"

"이제 그만! 용서해 줄 테니 울지 마시게."

현수의 말이 떨어지기 무섭게 고개를 번쩍 든다. 그런 그의
눈에선 믿을 수 없다는 빛이 흘러나온다.

그 순간 뇌리를 스치는 상념이 있다. 용서해 준다고 할 때

얼른 상황을 마무리해야 한다는 본능이 만들어낸 것이다.

"네? 저, 정말이요? 감사합니다. 정말 감사합니다, 대마법
사님! 앞으로 10년 동안 매일 아침마다 대마법사님을 위해 주
신께 기도드리겠습니다요. 감사합니다. 정말 감사합니다요."

이마를 바닥에 찧으며 거듭해서 고개를 끄덕이는 모습은
과히 좋아 보이지 않았다.

"찬물 한 잔 마시고 싶구만. 떠다 주겠는가?"

"아이고, 물론입죠. 잠시만 기다려 주십시오."

말을 마친 상인 역시 뒷문을 열고 사라진다.

"여, 여기 가져왔습니다."

공손히 두 손으로 건네는 물잔은 나무로 만든 것이다.

케이상단은 아직 중소 상단의 범주를 넘지 못하였기에 카
이로시아의 이레나 상단처럼 주석 잔을 쓸 여유가 없는 것
이다.

그러고 보니 이레나 상단과는 사뭇 다르다. 조금 허름하다
는 느낌이 들 정도로 모든 것이 낡고 볼품없다.

"고맙네."

"네, 감사합니다."

물잔을 받자 공손히 고개를 숙이고는 뒷걸음질로 물러
난다.

벌컥벌컥—!

잔의 용량은 약 500㎖ 정도 된다. 현수는 거의 가득 담겨 있던 물을 다 마셨다. 맛이 좋다는 느낌이 든 때문이다.

"시원하군. 잘 마셨네."

"네에, 뭐 더 필요한 게 있으십니까?"

"아니, 없네."

상인은 현수가 내려놓은 물잔을 조심스럽게 들고 나간다. 지극히 공손한 모습이다.

삐이걱—!

문이 열리고 알론이 커다란 상자를 들고 들어선다. 그걸 조심스럽게 내려놓고는 천천히 뚜껑을 연다.

"저희 상단이 총력을 기울여 수집한 만드라고라입니다."

"흐음, 그런가? 어디 보세."

아르센 대륙에서 만드라고라는 100골드 정도에 거래된다. 1골드가 100만 원쯤 하니 하나당 1억이다.

박스 안에는 23개의 만드라고라가 보관되어 있었다.

"이건 구한 지 얼마나 되는 건가?"

"3월에 구한 것도 있고 4월에 구한 것도 있습니다. 가장 위쪽에 있는 건 지난 8월에 구한 겁니다. 더 많이 구해놓으려 했지만 저희 상단의 능력으론 이게 최선입니다. 죄송합니다."

"아니네. 이 정도면 되었네. 내가 가져가도 되지?"

"무, 물론입니다."

알론이 얼른 고개를 조아린다.

"가격은?"

"하, 하나당 90골드만 주십시오."

"……!"

카이로시아 덕분에 아르셴 대륙의 상품 가격을 대충 안다. 지금 알론은 취해도 좋을 이득을 스스로 포기하고 있다.

자신을 위해서 그런다는 것을 알기에 말없이 고개를 끄덕였다. 그리곤 상자째 아공간에 담았다. 그리곤 골드화를 꺼냈다. 2,070골드이다.

"상품 대금은 여기 있네."

"아, 네에."

받을 돈을 받는 것이지만 알론은 황공하다는 표정이다. 현수는 추가로 230골드를 더 꺼냈다.

"이건 그간의 보관료이네."

"네? 이, 이건 안 주셔도…….."

"그냥 받게. 내가 주고 싶어서 주는 것이니."

"가, 감사합니다."

알론은 얼른 고개를 조아린다. 조금 전 알론은 말링코 지부장에게 갔었다. 얼마 전 상행을 쫓아 나갔다가 심각한 부상을 당해 현재 병석에 있다. 그래서 하인스 킴 마법사가 왔다는 소식을 듣고도 오지 못한 것이다.

말링코 지부장은 그간 상단 자금을 꽁꽁 묶어두었던 만드라고라가 드디어 처분된다는 소식에 이빨을 드러내며 좋아했다.

그것을 구해달라던 인물이 하인스 킴 대마법사이기에 다른 이들에겐 팔 수 없던 물건이다. 이실리프 마탑의 마법사는 어느 누구도 어쩔 수 없는 언터처블이기 때문이다.

그래서 말은 안 했지만 막대한 손해를 입었다. 자금 경색 상황에서 어찌 원활한 상행을 할 수 있었겠는가!

케이상단은 규모가 작기에 2,300골드만으로도 피해를 입을 정도인 것이다.

오늘 2,300골드를 받음으로써 숨통은 트이게 되었지만 기회비용[4]으로 잃은 게 적지 않다.

현수는 이를 짐작하고 웃음 지었다.

"그나저나 이 상단에선 어떤 물건을 취급하나?"

"네? 아, 네에. 저희는 곡물과 소금, 그리고 몬스터 가죽과 그걸 가공한 가공품들을 주로 취급합니다."

"공산품은 없나?"

---

4) 기회비용(Opportunity cost):여러 선택 방안 중에서 한 가지를 선택했을 때 포기한 대안 가운데 가장 좋은 한 가지의 가치를 뜻한다. 즉, 어떤 재화의 두 종류의 용도 중 하나를 포기할 경우 포기하지 않았다면 얻을 수 있는 이익의 평가액, 기회원가라고도 한다.

"네? 공산품이라니요? 그게 뭡니까?"

"아! 여긴 그런 개념이 없지? 흐음, 일단 상단 창고 좀 구경시켜 주겠는가?"

"창고요? 뭐, 별것도 없는데."

"아무튼 가세."

"네, 제가 모시겠습니다."

얼른 자리에서 일어난 알론이 앞장서서 밖으로 나간다.

"상단 창고라는 게 이렇군."

현수의 눈에 뜨인 것은 허접 그 자체이다. 각종 곡물을 담은 자루가 제법 많았지만 자루 자체가 낡았다. 창고 여기저기에 구멍이 뚫려 있어 그런지 구석마다 쥐똥이 수북하다.

다음 창고엔 지독한 냄새를 풍기는 오크 가죽이 쌓여 있다. 그다음엔 짠내 나는 소금 자루들이 있다. 1톤 트럭의 절반 정도 되는 양이다.

다음 창고에 쌓여 있는 것들은 허접의 극치였다.

나무로 대강 깎아 만든 각종 농기구들이 있고, 알베제 마을에서 만든 듯한 활과 화살이 쌓여 있다.

하나같이 조악해 보인다.

더 있느냐는 말에 알론은 이게 끝이라 대답했다. 케이상단의 규모가 짐작되는 상황이다.

현수는 생각에 잠겼다. 무엇을 꺼내놓아야 이들에게 도움이 될까 싶었던 것이다.

"저어, 마법사님……."

"흐음, 일단 몇 가지가 개선되어야 할 것 같군. 일단 벌레 좀 잡고 쥐들이 드나드는 것부터 막아보세."

말을 마친 현수는 가장 먼저 들렀던 곡물 창고에 들어가 뚫린 구멍들을 막고 연막탄을 터뜨렸다. 다음엔 벌레와 쥐의 침입을 막는 초음파 발생 마법진을 만들었다.

연막탄이 효능을 발휘하는 동안 소금 창고에 들렀다.

이곳에선 클린 마법 먼저 구현시켰다.

그리곤 건조 마법진을 만들어서 부착했다. 다음엔 5톤 트럭이 가득 찰 분량의 소금을 꺼냈다.

알론은 눈을 크게 떴다. 이곳은 강을 끼고 있지만 바다까지는 엄청 멀다. 하여 소금이 몹시 귀하다.

당연히 매우 비싼 품목이다. 그런 걸 산더미처럼 꺼내놓으니 놀란 토끼처럼 눈만 크게 뜨고 있다.

"자, 이제 다음 창고로 가세."

"네? 아, 네에."

현수의 말에 화들짝 놀라는 표정을 지은 알론은 얼른 굽실거리며 다음 창고로 이동했다. 이번 창고엔 목제 농기구들이 잔뜩 쌓여 있다. 물론 매우 허접한 것들이다.

"흐음, 어디 보자."

잠시 생각을 정리한 현수는 아공간에 담겨 있던 철제 농기구들을 꺼내놓기 시작했다. 삽, 호미, 괭이, 쇠스랑, 낫, 홀태(벼 등을 훑을 때 사용하는 탈곡기), 곡괭이 등이다.

알론은 귀하디귀한 철로 만들어진 농기구들이 끝도 없이 나오자 안색이 창백해진다.

상단 자금을 총동원해도 이미 꺼내 놓은 소금조차 매입할 수 없다. 그런데 그보다 더 비싼 철제 농기구들이 산더미처럼 쌓이니 어찌 대금을 지불할지 걱정이 앞선 때문이다.

다음엔 활과 화살 등이 쌓여 있는 창고로 이동했다.

"흐음, 이곳엔… 그래!"

생각을 정리한 현수는 각종 비누를 꺼냈다.

그리곤 카이로시아의 이레나 상단에만 주었던 꽃 그림이 그려진 접시와 찻잔 등 각종 그릇을 꺼냈다.

테세린과 올테른은 바벨 강을 사이에 둔 도시이다. 그런데 강폭이 너무 넓어서 수평선이 보일 지경이다.

짠물만 아닐 뿐 바다나 다름없다.

그렇기에 이레나 상단이 보유한 상품들은 이곳 올테른까지 건너오지 않았다. 미판테 왕국 내부의 수요를 충당하기에도 부족하기 때문이다.

그렇기에 알론은 화사한 꽃 그림이 그려진 접시 등을 놀란 눈으로 바라보고 있다. 세상에 태어나 이처럼 곱고 균일한 식기는 본 적도, 상상한 적도 없기 때문이다.

상인이기에 이건 천금을 주고도 살 수 없는 귀물들이라는 것을 깨닫는 데는 얼마 걸리지 않았다.

"마, 마, 마법사님! 이, 이, 이, 이것들은… 이, 이, 이것들은 어떻게……. 마, 마, 마, 마법사님!"

알론은 담대하다는 평가를 받는 상인이다. 그런데 몹시 말을 더듬고 있다. 너무도 놀란 때문이다.

"이것들을 팔게."

"네? 저, 저희는 이걸 매입할 자금이 없습니다."

"매입? 누가 이걸 매입하라 했나?"

"그, 그럼……?"

알론은 대체 무슨 소리냐는 표정을 짓는다.

"위탁 판매를 하게."

"네? 위, 위탁 판매라니요? 그게 뭡니까?"

"물건은 내가 주었으니 자넨 팔기만 하라는 뜻이네. 판매한 금액 중 5할은 케이 상단이 갖고 나머지 5할만 내게 주게."

"네? 네에?"

"비싸게 팔게. 알았나?"

"아, 네에. 그, 그, 그, 그럼요."

"판매 대금은 쉐리엔으로 받겠네."

"네? 쉐리엔이라니요? 혹시 길가에 널려 있는 잡초 말씀하시는 겁니까? 어찌 그걸로……."

먹고살기에도 바쁜 동네인지라 이곳에서도 쉐리엔은 잡초 취급을 받는 모양이다.

"마법사님, 쉐리엔은 가치가 없는 잡초입니다. 그런데 어찌 그걸로 지불하란 말씀이십니까?"

알론은 머릿속으로 산을 열 개쯤 합쳐 놓은 분량의 쉐리엔을 떠올렸다. 팔아야 할 철제 농기구나 비누, 그리고 접시와 찻잔 등의 가치는 엄청난 금액이기 때문이다.

"줄기와 뿌리, 그리고 열매를 따로따로 분리해 주게."

"네?"

"채취해서 그냥 쌓아놓기만 하면 금방 썩을 테니 내가 담아놓을 용기를 주겠네."

"네?"

알론은 계속해서 반문만 하고 있다.

"보존 마법진이 그려진 컨테이너라는 걸 주겠네. 거기에 쉐리엔을 채취해서 담아주게."

"진담이신 겁니까?"

"그럼 지금껏 내 말이 농담인 줄 알았나?"

"쉐리엔은 잡초인데 그걸 어디에 쓰시려고……?"

"잊었는가? 나는 마법사이네. 각종 시험을 해보려면 시약 등 여러 가지가 필요하네."

"그, 그래도 쉐리엔은 정말 아무 짝에도 쓸모없는 잡초
인데."

"아니네. 내겐 꼭 필요한 것이네. 그러니 농담이라 여기지
말고 제대로 채취해 줘야 하네. 알았나?"

현수의 정색한 표정을 읽은 알론은 얼른 허리를 접었다.

"알겠습니다. 제대로 채취해 올리도록 하겠습니다."

"쉐리엔을 채취할 곳으로 안내하게. 컨테이너를 놓아주
겠네."

"네? 아, 네에."

현수는 알론과 더불어 다니며 이곳저곳에 컨테이너들을
배치했다. 각각의 컨테이너엔 보존 마법과 공간 확장, 그리고
경량화 마법진이 부착되었다.

이렇게 하면 최소 3년간은 내용물이 말라비틀어지거나 부
패하지 않을 것이다.

40피트짜리 컨테이너엔 쉐리엔을 20톤 정도 담을 수 있다.

하지만 공간 확장과 경량화 마법은 이를 100톤으로 대폭
상향시키게 된다. 이런 컨테이너를 200개나 깔아놓았다.

알론은 두 달 안에 모두 채워 넣겠다고 했다. 대한약품 민
사장이 들었다면 아주아주 반색할 소리이다.

                    *   *   *

"아! 왜 이제 오는가?"

"어! 미안. 내가 조금 늦었지?"

"그래! 하룻밤이면 될 줄 알았는데 벌써 며칠이 지났는지
는 아나? 케이트가 그렇게 좋았어? 아예 애를 낳아서 데리고
오지그래? 그나저나 뼈와 살이 타는 밤을 보냈나?"

"미안하네. 내가 미안하다 하지 않나."

라세안이 노골적으로 타박했지만 현수는 짧게 대답하곤
입을 다물었다.

"어머! 오셨군요. 대체 어딜 다녀오신 거예요?"

"……!"

카트린느의 물음에 현수는 아무런 대답도 하지 않았다. 길
잡이 머피는 그저 바라만 보고 있을 뿐이다.

현수가 없던 며칠간 머피는 너무도 안락한 시간을 보냈다.

음식은 카트린느가 했고, 밤엔 텐트의 지퍼를 내리고 따뜻
한 침낭 속에서 잠들었다. 널리고 널려 있던 몬스터들은 한
번도 다가오지 않았다. 물론 라세안의 존재감 때문이다.

하여 하루에 두 번 설거지만 하면 되었다.

한 가지 불만이 있다면 그건 형편없는 음식 맛이다.

카트린느가 만든다고 만들었지만 그건 인간이 먹을 만한

것이 아니었다. 라세안이 거들었지만 별반 다를 게 없었다.

하여 본인이 만들겠다고 했다가 핀잔만 들었다. 카트린느 본인이 꼭 만들고야 말겠다는 집념을 보인 때문이다.

"자, 이제 출발하세."

"그래!"

나이젤 산맥의 깊숙한 곳으로 이동하는 동안 라세안은 짓 궂은 질문만 해댔다.

케이트와의 밤이 어땠느냐고 집요하게 물은 것이다.

처음엔 적당히 꾸며서 대답했지만 점점 더 상세하게 물 었기에 그다음부터는 일절 대꾸하지 않고 주변만 살폈을 뿐이다.

그러자 라세안은 스스로 이야기를 꾸며낸다.

현수와 케이트가 만리장성을 백 번은 만들었다가 허문 듯 한 이야기이다. 하도 허무맹랑해서 피식피식 웃어주자 이야 기의 심도는 점점 더 깊어지고 적나라해졌다.

어쩌다 가까이 다가왔던 카트린느가 화들짝 놀라며 떨어 졌기에 둘은 껄껄대며 웃었다. 라세안은 자기가 한 이야기가 사실에 어느 정도 부합된다는 것을 의미한다면서 낄낄댔다.

앞장서서 걷던 머피도 계속해서 실소를 지었다. 한국이나 아르센 대륙이나 음담패설은 통하는 모양이다.

산맥을 넘는 동안 몬스터는 하나도 나타나지 않았다. 괜한 귀찮음이 싫었던 라세안이 존재감을 드러낸 때문이다.

"오늘은 여기서 야영하죠."

"여기? 오, 그러고 보니 경치가 괜찮군."

머피가 야영하자고 멈춘 곳은 울창한 숲과 절벽이 어우러진 풍광 좋은 곳이었다.

"근처에 계류가 있어요. 물은 제가 떠오겠습니다."

시키지도 않았는데 머피가 물통을 들고 숲속으로 사라진다.

"카트린느 양은 여기 꼼짝 말고 있어요. 없어지면 또 골치 아픈 일이 벌어질지 모르니."

"네? 아, 네."

현수의 말에 카트린느는 고개를 끄덕인다.

자신이 사라지는 바람에 현수가 어떤 일을 해야 했는지 라세안으로부터 충분히 들은 때문이다.

"조리 기구에도 손대지 말고."

"알았어요. 알았다구요."

자신이 얼마나 요리를 못하는지 충분히 알기에 까트린느는 짜증스런 반응을 보인다.

"그러게 마법 익힐 시간 반만 쪼개서 요리 연습이나 하지."

"쳇! 알았다구요."

카트린느가 입술을 삐죽이자 라세안은 피식 웃는다.

"자넨 식사를 만들게. 오늘도 설거지는 내가 할 테니."

현수가 왔기에 이제 제대로 된 음식과 소주를 들이켤 수 있다는 기대감 때문인지 라세안은 몹시 기분 좋은 듯하다.

현수가 조리 기구들을 모두 세팅했을 즈음 머피가 당도했다.

"오늘은 뭐를 해줄 건가?"

"오늘 메뉴는 깐풍기5)와 라조기6)라는 걸 만들 생각이야."

언젠가 읽었던 요리책에 쓰인 레시피는 이미 머릿속에 잘 정리되어 있다. 그렇기에 능숙한 주방장처럼 식재료를 가다듬었다. 머피는 멍한 시선으로 바라본다.

이실리프 마탑의 마탑주라면 대륙 최고의 마법사이다.

그런데 어떻게 이렇게 요리까지 잘할 수 있단 말인가 하는 생각에 잠긴 것이다.

"이 산맥을 벗어나는 데 앞으로 얼마나 걸리겠는가?"

"이런 속도로 간다면 보름쯤이면 됩니다."

"산맥을 벗어나면 어떤 영지가 있지?"

"몬테규 영지와 캐플렛 영지가 나옵니다."

"몬테규와 캐플렛이라고? 후후, 설마 그 영지들도 서로 사이가 안 좋은 건 아니겠지?"

---

5) 깐풍기:튀긴 닭고기에 매콤한 소스를 끼얹어 먹는 지나 요리. 깐풍이란 국물 없이 마르게 볶은 음식을, 기는 닭고기를 의미함.

6) 라조기:튀긴 닭고기를 여러 야채와 함께 볶은 지나 요리. 라조는 고추를, 기는 닭고기를 의미함.

현수가 이 질문을 한 이유는 윌리엄 셰익스피어의 로미오와 줄리엣에 나오는 두 가문의 이름과 같았기 때문이다.

로미오는 몬테규 가의 아들이고 줄리엣은 캐플렛 가의 딸이다. 그리고 두 집안은 서로 원수지간이다.

이걸 기억하기에 설마하는 마음으로 물은 것이다.

"아니긴요. 공국 최고의 앙숙입니다."

"정말인가? 그거 흥미롭군. 그럼 요리하는 동안 그 두 가문에 관한 이야길 해보게."

"네? 아, 네. 먼저 몬테규 가에 관한 말씀을 드릴게요. 몬테규 가문은 백작가로서 공국의 검이라는 칭호를 듣고 있습죠. 그런데 그 칭호는……"

원래 몬테규 가와 캐플렛 가의 사이는 매우 좋았다. 이는 아드리안 공국이 만들어지기 이전부터의 일이다.

아무튼 현 영주들의 4대 조상들은 소드 마스터였다.

둘은 매일매일 검을 맞대고 서로의 성취를 따라잡으려 노력하는 좋은 의미의 라이벌이고 친우였다.

자녀들이 성장하자 둘은 서로의 자식을 내놓아 혈연으로 맺어졌다. 몬테규의 아들과 캐플렛의 딸이 결혼을 했고, 몬테규의 딸은 캐플렛의 아들과 결혼을 했다.

우수한 유전자를 물려받았기에 두 집안은 대를 이어 소드 마스터를 배출하는 경사를 맞았다.

그리고 그다음 대에서도 소드 마스터가 배출되었다.

그 후에도 두 가문은 서로의 자식을 배우자로 맞아들였다.

그러다 보니 유전적인 문제가 발생되었다. 근친 교배를 하면 신체적 체력 감소, 체격의 왜소함, 성격의 소극적 신경과민, 치아의 이상, 기형 출산 등의 문제점이 발생된다.

그 결과 전전대 영주부터 소드 마스터를 배출하지 못했다.

캐플렛 가의 가주는 소드 익스퍼트 최상급이었고, 몬테규 가는 상급이었다.

같은 소드 익스퍼트라 할지라도 상급과 최상급에는 엄연한 격차가 존재한다.

아무튼 캐플렛 가의 가주는 공국의 검이라는 칭호를 받았다. 물론 몬테규 가는 아니다. 전대 영주 땐 역전되었다. 몬테규 가의 가주가 공국의 검이 되고 캐플렛 가는 아니다.

현재는 캐플렛 가의 영주가 공국의 검이다.

문제는 두 가문이 가진 비전이다. 오로지 가주에게만 전해지던 마나 심법과 검법 등 비전을 빼내기 위한 암투가 벌어졌다.

가주의 부인들이 상대 가문 쪽 사람이기에 부부 간의 불신이 극에 달했다. 며느리를 믿을 수 없으며, 사위 또한 믿을 수 없는 놈이 되어버렸다.

그러는 사이에 두 가문은 자연스럽게 앙숙 관계가 만들어졌다. 하여 툭하면 전쟁이다.

상대의 영지를 빼앗기 위한 영지전이 아닌지라 공왕은 물론이고 공작들도 어떻게 손을 쓸 수 없다.

우선 둘 다 국왕파나 귀족파에 속하지 않는다. 그리고 둘은 전쟁은 벌이되 상대의 목숨은 빼앗지 않는다. 혈연으로 따지고 보면 조카가 되거나 외손자가 되기 때문이다.

그렇다 하여 아무런 타격도 주지 않는 것은 아니다. 대결을 벌여 승자가 되면 상대에게 한 가지를 요구한다.

10년간 검을 잡지 말라는 것이 그것이다. 상대의 성취가 나아지는 꼴을 볼 수 없기 때문이다.

두 가문은 현재 매월 말일마다 대결을 벌인다. 두 가문의 영지가 만나는 곳에는 이를 위한 결투장이 조성되어 있다.

처음엔 가문 사람들만 대결에 임했다. 그러다 용병들이 가세하기 시작했다. 많은 돈을 받는 대신 지면 10년간 검을 쥐지 않겠다는 맹세를 하고 대결에 임한다.

"웃기는군. 그깟 칭호가 뭐라고."

"그렇죠? 저도 그렇게 생각합니다. 그런데 두 가문에겐 자존심이 걸린 일입니다. 그래서 그 칭호를 얻으려고 가산을 몽땅 탕진해 가며 대결하고 있는 거죠."

"가산을 탕진해?"

"네, 용병들을 엄청 고용하니 돈이 많이 들죠."

"그렇겠군. 근데 그렇게 대결을 하면 양쪽 가문 사람들 가운데 검을 놓은 사람들이 많겠군."

"그럼요. 들리는 소문에 의하면 양가 사내들 가운데 80%는 검을 놓았다고 합니다. 그래서 이젠 여자들도 검을 듭니다."

"여자들도?"

"네."

"그렇군. 알겠네."

잠시 후, 넷은 각자의 텐트에서 하루의 피로를 풀었다.

현수는 라세안의 코 고는 소리를 들으며 피식 웃었다.

하지만 카트린느는 귀를 틀어막은 채 괴로워하고 있다. 벌써 며칠째 제대로 된 잠을 자지 못한 때문이다.

반면 길잡이 머피는 벌써 잠들었다.

잠자리에 들었던 현수는 텐트 밖으로 나와 하늘을 바라보았다. 글자 그대로 별이 쏟아진다.

태양을 제외하고 하늘에서 가장 밝게 빛나는 별은 알파별인 시리우스(Sirius)이다. 시등급이 −1.5등급이다.

북극성은 2.5등급이다.

그런데 그런 별들이 널리고 또 널려 있다. 깊은 밤이지만 별빛만으로도 사물이 식별될 정도이다.

"별이 참 많구나."

지구에선 볼 수 없는 광경이기에 현수는 한참 동안이나

밤하늘에 시선을 주었다. 시선을 뗄 수 없는 장관이기 때문이다.

그렇게 시간이 흘러 새벽이 되었다.

짹, 짹, 짹!

산새 지저귀는 소리가 들리기 시작할 즈음 현수는 팔베개를 한 채 풀밭에 누워 흘러가는 구름을 보고 있었다.

신기하게도 이것만은 지구와 똑같았다. 신새벽의 고요함을 깬 것은 라세안이다.

"뭐야? 왜 여기서 이러고 있어? 벌써 다 자고 일어난 거야?"

"어! 그래. 자네도 다 잔 거야?"

"하암! 그럼. 근데 배가 좀 고파."

"어이구, 돼지! 알았다."

자리를 털고 일어난 현수는 무얼 만들까 생각해 보았다. 그러다 문득 샌드위치를 떠올렸다. 만들기 쉽고, 먹기도 편하면서, 영양가도 있고, 길을 가면서도 먹을 수 있다.

식빵, 상추, 치즈, 토마토, 햄 등을 꺼내 금방 만들었다.

"그건 뭔가? 오늘은 좀 다르네. 딴 날은 지지고 볶고 삶고 데치기를 했잖은가. 근데 오늘은 왜 썰기만 해?"

"일단 먹어봐. 참, 우유도 먹어야지?"

아공간에 담긴 흰 우유를 한 컵 가득 따라주자 이게 웬 건가 하는 표정을 짓는다.

"이건 뭔가?"

"우유라는 거네. 몸에 좋은 거니 마시게. 참, 따끈하게 데워주지. 히팅!"

따끈하게 데워진 우유에 소금을 조금 넣어 건네주었다.

그러는 사이에 라세안은 샌드위치 한 덩이를 뚝딱 썹어 삼키곤 새것에 손을 대고 있다.

"으이그, 누가 쫓아오냐? 왜 이리 급하게 먹어?"

"이, 이거? 마, 마시써서. 정말 되게 마시써!"

썹느라 발음이 이상했지만 알아들을 만했다.

"하암, 지금 뭐하는 거예요?"

카트린느가 눈을 비비며 다가오자 현수는 들고 있던 샌드위치를 건넸다.

"일어났어? 배고프지? 이거 먹어."

"네, 고맙습니다."

카트린느는 제니스에게 잡혀갔다 온 이후 현수 대하기를 하늘 대하듯 한다. 그 사나운 드래곤과 싸워서 구해왔다는 걸 알기 때문이다.

"우유도 마셔."

"네, 마탑주님! 감사합니다."

샌드위치를 한 입 베어 문 카트린느의 눈이 휘둥그레진다.

부드럽고, 달콤하며, 고소하고, 맛이 있기 때문이다.

현수가 내민 우유는 고소하다. 가히 환상적인 궁합이다.

잠시 후, 머피도 같은 꼴이 되어버렸다. 현수는 계속해서 샌드위치를 만들었다. 최소 열 명은 먹을 분량이다.

셋은 걸신들린 사람처럼 꾸역꾸역 먹었다. 우유도 1인당 1리터씩은 마셨다.

"어휴! 배불러. 더 이상은 못 먹겠어."

"크으! 토할 것 같아. 너무 많이 먹었어."

"으윽! 목구멍까지 찼나 봐."

"그러게 작작 먹지. 돼지처럼 그렇게 먹으니 안 그래?"

"끄으윽! 그러게. 너무 많이 먹었어."

"휴우~! 저는 움직일 수도 없어요."

"죄송합니다. 너무 맛이 있어서……."

먹기 시작한 시각은 6시 무렵인데 움직이기 시작한 것은 오전 10시가 넘어서이다. 셋이 널브러져 있었기 때문이다.

현수는 이들이 자고 일어난 텐트 등을 주섬주섬 거둬들였다.

나이젤 산맥을 모두 벗어나기까지 현수는 이들에게 간단한 음식만 주었다. 다시는 과식하지 못하도록 맛있는 음식도 만들어주지 않았다.

보름 만에 산맥을 벗어나니 탁 트인 평야 지대가 나타난다.

"자아! 이게 지긋지긋한 산맥은 벗어났습니다!"

머피의 말에 카트린느가 탄성을 지른다.

"와아, 평야다! 이제 좀 살겠네요."

울울창창한 산맥 속엔 길도 없다. 설사 길이 있었다 하더라도 1년만 지나면 그 길은 사라진다.

너무도 울창해서 10m 앞도 제대로 식별 불가능한 숲의 연속이었다. 어떤 곳은 하늘도 보이지 않았다. 그렇기에 평야 지대가 나타나자 저도 모르게 탄성을 지른 것이다.

"흐으음! 이제 얼마 안 남았군."

수도인 멀린까지 이제 얼마 남지 않았다. 하여 저도 모르게 중얼거린 것이다.

"뭘 이까짓 걸 가지고. 라수스 협곡은 남북으로 1,000㎞야. 거기에 비하면 이 정도는 숲도 아냐."

라세안의 말에 현수는 피식 실소를 지어 보였다. 라세안 역시 울창한 숲속에서 수없이 투덜거렸던 것이다.

하긴 플라이 마법으로 슈웅 날아가면 될 걸 그러지 못했으니 얼마나 답답했겠는가!

"아무튼 시야가 탁 트이니 좋기는 하네. 자, 가세."

현수의 말에 모두가 고개를 끄덕이고는 걸음을 내디뎠다.

CHAPTER 08
몬테규 vs 캐플렛 가

　나무들이 조금씩 성글어지더니 사람들이 다닌 흔적이 보인다. 그것은 점점 길의 형상을 갖춘다.

　"어휴! 이제 좀 살 만하네요."

　정글도를 꺼내 울창한 수풀을 베며 전진한 것만 거의 한 시간이다. 그런데 길이 나타나니 이마에 송골송골 맺힌 땀을 닦으며 카트린느가 중얼거린 말이다.

　그렇게 한참을 걸으니 목책이 보인다. 안에 있던 경비병인 듯한 사내들이 잔뜩 긴장된 표정으로 내다본다.

　"멈춰라! 어디서 온 누구냐? 신분을 밝혀라!"

"C급 용병 하인스라 하오."

"나이젤 산맥을 거쳐 왔나?"

"그렇소."

"흠, 먼저 용병패를 던져라."

이곳에 오기 전 현수와 라세안은 당분간 용병 행세를 하기로 했다.

아드리안 공국은 현수가 보호해 줘야 할 곳이다. 그런데 별것도 아닌 것 때문에 두 가문이 가진 것을 모두 소진하고 있다고 한다. 사실 여부를 파악하고 싶어 그런 결정을 한 것이다.

"나머지들의 신분증도 던져라."

"내 건 여기 있소."

길잡이 머피 역시 용병으로 등록되어 있다. 그렇기에 용병패를 던졌다. 다른 용병패와 다른 점이 있다면 한쪽에 길잡이를 뜻하는 문양이 그려져 있다는 것이다.

"이건 내 것이다."

라세안은 A급 용병패가 있다. 피리안 영지에서 만든 것이다.

"흐음, 용병들이군. 그런데 인원이 이것뿐이오?"

"그렇소."

"으으음! 나머진 모두 죽었는가?"

경비병은 나이젤 산맥을 관통하는 동안 몬스터의 공격으로 많은 용병이 죽었을 것이라 짐작한 듯하다.

"……!"

일행은 대답 대신 고개만 끄덕여 주었다.

"유감이오. 근데 저 아가씨의 신분은 뭐요?"

"변경백이신 피리안 백작님의 영애이시다. 예를 갖춰라."

"앗! 그, 그렇습니까? 죄송합니다. 어서 들어오십시오."

삐이꺽―!

목책의 문이 열려 안으로 들어가니 경비병들이 공손히 고개를 숙인다. 변경백인 피리안 백작은 존경받는 인물이기 때문이다.

"여긴 어느 영지에 속하나? 몬테규? 캐플렛?"

"몬테규 영지요."

"여관은 있지?"

"물론이오. 저쪽으로 가면 하나 있수. 값이 좀 비싸다는 게 흠이지만 음식 맛은 일품이오."

A급 용병의 물음이었는지라 경비병은 순순히 대답해 준다. 이에 라세안이 고맙다는 뜻으로 가볍게 고개를 끄덕여 준다.

"고맙네. 자, 여관으로!"

"어서 옵서! 여행자이십니까?"

일행을 맞이한 것은 열 살쯤 된 꼬맹이다. 보나마나 이 여관의 아들일 것이다.

"음식도 먹고 목욕도 할 거야. 다 되지?"

"아이고, 그러믄입쇼. 자자, 안으로 들어가십시오. 엄마! 손님 오셨어요!"

"자자, 이쪽으로……."

여관 1층은 다른 곳과 별반 다를 바 없는 모습이다. 그런데 손님이 하나도 없다. 그렇기에 가장 너른 테이블을 차지했다.

"이 집에서 제일 잘하는 걸로 가져와. 참, 방 많지?"

"그럼요. 1인실로 네 개 준비할까요?"

"그래. 각 방마다 따끈한 목욕물도 준비해 줘."

"네, 알았습니다요. 그럼 식대와 방값, 목욕물 등 다 합쳐서 일 인당 6실버입니다요."

아르센 대륙의 여관 대부분 1인실 일일 숙박비 3실버, 식대 1실버, 그리고 목욕물 2실버이다.

한화로 환산하면 6만 원쯤 된다.

꼬맹이가 합산 금액을 말하지 않고 1인당 금액을 이야기한 것은 대부분의 용병이 더치페이를 하기 때문이다.

"여기 있다."

팅, 팅, 팅―!

현수의 손을 떠난 은화 세 개가 꼬맹이의 손으로 정확히 떨어진다. 10실버짜리이다.

"나머진 팁이다."

"아이고, 고맙습니다요. 정말 고맙습니다."

꼬맹이는 혹시 마음이 변할까 싶었는지 얼른 고개를 숙이고는 쪼르르 달려간다.

"엄마, 최고로 맛있는 음식을 만들어달래요. 4인분이에요. 내가 도와줄게요."

꼬맹이가 주방 안으로 사라진 뒤에야 어두컴컴한 실내의 광경이 눈에 들어온다.

처음엔 제법 공들여 지은 듯한 여관의 내부는 세월의 풍파가 드러나 있다. 곳곳에 창같이 뾰족한 것에 찔린 흔적이 보이고, 검이나 도로 베어진 것들도 보인다.

안에서 많은 싸움이 벌어졌음을 의미한다.

"흐음! 여관이 여기 하나밖에 없다고 했으니."

선택의 여지가 없는 상황인지라 다들 말이 없다.

"자아, 셋이 먹다 둘이 죽어도 모를 진짜진짜 맛있는 스튜와 스테이크입니다. 참, 세크 주는 엄마가 서비스로 드리는 겁니다. 한 잔씩 맛보세요."

꼬맹이가 분주하게 오가며 접시들을 세팅한다.

나무로 만들었지만 시커멓다. 기름기를 먹어서이고, 제대로 설거지가 되지 않아서일 것이다. 술잔도 마찬가지이다.

현수는 이맛살을 찌푸렸지만 라세안과 카트린느, 그리고 머피의 눈에는 괜찮은 듯 거리끼는 기색이 보이지 않는다.

"흐음, 맛을 어떠려나?"

라세안이 먼저 스튜 한 숟갈을 떠먹는다.

"괜찮네. 마탑주님 솜씨만은 못하지만."

"감사히 먹겠습니다."

"고마워요."

카트린느와 머피가 이내 폭풍 흡입을 시작한다. 그간 일부러 맛없는 음식을 소량만 만들어 먹인 결과이다.

"후와, 오랜만에 포식했네."

라세안이 부른 배를 두드리며 싱긋 웃음 짓는다. 이럴 때 보면 정말 인간인 것 같다.

서비스로 주었던 세크 주의 달달함이 마음에 들었는지 셋은 술을 곁들였다. 하여 얼굴이 모두 뻘겋게 달아올라 있다.

"자자! 목욕 먼저 하고 내려오자고. 알았지?"

현수가 먼저 방으로 올라갔다. 그리곤 옷을 훌훌 벗어 던지고 물속으로 들어갔다.

사우나를 좋아하지만 지난 보름간 제대로 된 목욕을 하지 못했다. 작은 개울 몇을 만났지만 너무 얕았던 때문이다.

"흐음! 뜨뜻하군. 아공간 오픈!"

현수는 아로마 오일 몇 방울을 목욕물에 떨어뜨렸다. 그리곤 상쾌한 향을 맡으며 기분 좋은 목욕을 했다. 때를 밀고 장미향 비누로 마무리를 했다.

의복은 모두 새것으로 갈아입었다.

"그러고 보니 아르센에서 입었던 의복을 세탁하지 않았구나. 지구에 가면 세탁소를 꼭 들러야겠어."

방송 촬영 때 쓰는 의복이라 하면 아무도 의심하지 않을 것이다. 아무튼 새 의복을 입고 1층으로 내려가나 라세안이 세크 주를 마시고 있다.

"오늘은 여기서 쉬고 갈 거지?"

"예서 영주성까지 거리는 얼마나 되는데?"

"걸어서 이틀이래."

"그래? 그럼 그러지. 계속 여기 있을 건가? 난 밖으로 나가서 구경이나 할 생각인데."

"귀찮아. 그냥 여기서 이거나 마시고 있을게."

"그래? 그럼 그렇게 해."

"어! 저기 카트린느 내려온다. 웬만하면 같이 가."

"왜?"

"자네가 점찍었다며? 내 것도 아닌데 같이 떠들기 싫어."

"…그러지."

드래곤은 일생의 대부분을 홀로 지낸다. 하여 번거롭고 귀찮은 것들을 싫어한다. 그렇기에 고개를 끄덕여 준 것이다.

"카트린느, 나 산책 갈 건데."

"그럼 저도 같이 가요."

우중충한 여관 1층에 머물기보다는 아직 환한 밖이 나을 것이기에 환히 웃으며 다가온다.

"자, 그럼 가지."

"호호, 네."

현수와 카트린느가 밖으로 나가려는 순간 문이 벌컥 열린다. 그리곤 환한 빛과 함께 기사와 병사들이 들어선다.

"A급 용병은 어디 계신가?"

"…누구십니까?"

"나는 몬테규 영지의 기사 로렌트이다. A급 용병이 이 여관에 있다는데 누군가?"

사내라곤 현수와 라세안뿐이다. 머피는 아직 내려오지 않았다. 그런데 둘 다 25세 정도로 보인다.

A급 용병으로 인정받으려면 최소한 소드 익스퍼트 중급은 되어야 한다. 그런데 25세엔 그만한 성취를 이루기 어렵다.

새파랗게 젊기에 둘을 보면서도 A급 용병이 어디에 있느냐고 물은 것이다.

"A급 용병은 왜 찾으슈?"

"뭐라고? 찾으슈? 지금 네놈이 감히 용병 주제에 준귀족이자 기사인 내게 찾으슈라고 했나?"

로렌트는 40대 중반이다. 그리고 몬테규 백작으로부터 준남작 작위를 받았다. 비록 단승이지만 귀족이다.

그런데 새파랗게 어린 평민이 버르장머리 없이 반말 비슷하게 지껄이자 화가 난 것이다.

"아따 왜 화를 내슈? A급 용병 찾는다 하지 않았소?"

"그래! 이 여관에 있다고 들었다! 어디에 있느냐?"

로렌트는 잠시 전의 분노를 잊은 듯 눈빛을 반짝인다.

심프슨 알몬 드 몬테규 백작은 요즘 캐플렛 가의 가주 그레고리 가렌 폰 캐플렛 백작을 잡아먹지 못해 안달이다.

반년 전 있었던 기사대전에서 두 가문은 각기 용병을 내세웠다. 둘 다 A급이다. 그 결과 몬테규 가의 용병이 패했다.

덕분에 돈은 돈대로 쓰고 체면은 왕창 구겨졌다.

다음 대결이 얼마 남지 않았다. 그런데 가문을 대표할 사람이 없다. 아드리안 공국 전체에 A급 이상의 용병을 고용하겠다는 소문을 냈다. 통상 고용 금액의 열 배를 주겠다고 했다.

하지만 지원자 보기가 하늘에 별 따기이다.

대결에서 이기면 고용 수당 이외에 한동안 제대로 된 칙사 대접을 받겠지만 패하면 10년간 검을 쥘 수 없다.

용병이 검을 잡지 못하면 고용될 수 없다. 이건 10년간 수

입이 끊긴다는 것을 의미한다. 그러니 지원자가 없는 것이다.

하여 눈에 불을 켜고 용병이나 자유기사들을 찾고 있다. 그런데 A급 용병이 영지에 들어섰다는 보고가 있었다.

하여 기사단 부단장인 로렌트를 급파했다.

현재 로렌트의 허리엔 검이 매달려 있지 않다. 기사대전에서 패한 결과이다.

2년 전까진 소드 익스퍼트 상급이었다.

하지만 지금은 그렇다고 장담할 수 없다. 지난 2년간 수련용 검조차 쥐지 못해 얼마나 퇴보했는지 알 수 없기 때문이다.

앞으로도 8년 동안 검을 쥘 수 없다.

얼마나 더 퇴보할지 알 수 없다. 다시 검을 쥘 수 있게 되었을 때는 50살이 넘어서이다.

들어버린 나이, 빠져 버린 근육, 퇴보된 감각은 더 이상 검사라는 말을 못하게 될 수 있다. 이미 기사로서 끝난 것이다.

"A급 용병은 어디에 있느냐고 물었다."

"왜 찾는지 먼저 말해주시오."

라세안의 물음에 로렌트가 버럭 소리를 지른다.

"이런 경을 칠……. 네 이놈! 네가 감히? A급 용병이 어디에 있느냐고 물었다!"

"왜 찾는지 말해달라고 했소."

"이, 이놈이!"

주먹까지 움켜쥐며 부르르 떤다. 치미는 분노를 도저히 감출 수 없다는 뜻이다.

조금 더 놔두면 폭발할 듯싶어 현수가 끼어들었다.

"이 친구가 A급 용병입니다."

용병 행세를 하기로 했고, 나이도 많기에 말을 높인 것이다.

"뭐, 뭐라고? 저, 정말인가?"

"맞으니 용건을 말하시죠."

현수의 말이 끝나기가 무섭게 로렌트의 시선이 라세안에게 쏠린다.

"정말 A급 용병이신가?"

A급이라면 최소가 소드 익스퍼트 상급이다. 로렌트도 상급이었지만 간신히 발을 걸친 상황이다. 어쩌면 라세안의 화후가 더 높을 수도 있기에 저도 모르게 말을 높인 것이다.

"맞소!"

"화후를 물어도 되겠소?"

"응? 나, 난 소드 익스퍼트 상……."

라세안은 말을 중간에서 끊었다. 현수가 끼어든 탓이다.

"이 친군 소드 마스터요."

"네, 네? 뭐, 뭐라고요?"

로렌트는 현수에게도 말을 높인다.

"뭘 그리 놀라슈? 소드 마스터 처음 봤수?"

라세안의 퉁명스런 말이었지만 로렌트는 저도 모르게 자세를 바로 한다.

검사의 꿈은 소드 마스터이다. 로렌트 역시 그러했다. 그것을 이루고자 죽도록 노력했다. 하지만 이루지 못했다.

그런데 눈앞의 젊은이는 일찌감치 자신이 이루고자 했던 경지에 올라섰다. 하여 정신이 하나도 없었던 것이다.

"저, 정말입니까? 정말 소드 마스터입니까?"

이젠 완연한 존대이다.

"그렇수. 근데 날 왜 찾으신 거요?"

"여, 여, 영, 영주님께서 찾으시네. 아니, 찾으십니다. 같이 가주십시오."

"네에?"

"허허, 어서 오시게."

라세안과 현수를 맞이한 사람은 한눈에 보기에도 귀족이다. 60살쯤 된 중후한 멋을 지닌 사내이다.

"심프슨 알몬 드 몬테큐 백작님이십니다."

로렌트 기사의 소개에 라세안과 현수가 예를 갖춘다.

"처음 뵙습니다. A급 용병 라세안입니다."

"C급 하인스라 합니다."

"어서들 오게. 자자, 자리에 앉으세. 이쪽으로……."

백작이면 대귀족이다. 그럼에도 절절맨다. 라세안이 소드 마스터라고 귀띔 받은 때문이다.

아드리안 공국엔 소드 마스터가 없다.

그러니 이번 대결에 나서주기만 하면 무조건 이긴다. 이건 그간의 치욕을 단번에 씻을 수 있음을 의미한다. 그렇기에 평민이 분명함에도 정중히 대하는 것이다.

"고맙습니다."

"뭐하나? 어서 음료를 내오도록 하게."

"네, 영주님!"

로렌트가 얼른 허리를 직각으로 꺾고 밖으로 나간다.

"먼저 우리 영지에 온 것을 환영하네. 피리안 백작가의 영애를 호위하고 왔다고 들었는데, 사실인가?"

"그렇습니다."

"나이젤 산맥을 넘었는가?"

"그렇습니다."

백작은 흥미있다는 표정을 짓는다.

나이젤 산맥엔 드래곤이 있다. 그리고 몬스터들이 우글거린다. 출발지는 산맥 저쪽에 있는 마레로 마을일 것이다.

그곳에서 몬테규 영지까지 오는 길은 하나뿐이다.

그 길을 지나치려면 기사 여덟 명과 병사 80명 이외에도 B급 용병 30명 이상이 있어야 지나칠 수 있다. 다시 말해 약 120명이 하나로 뭉쳐야 간신히 지날 만큼 험난한 길이다.

이곳에 당도한 인원은 네 명이라 들었다. 그렇다면 116명 정도가 목숨을 잃었다는 뜻이다.

대체 어떤 몬스터를 만났는지 몰라도 너무나 과한 피해이다. 하여 어찌 그리되었는지를 듣고 싶어 다가앉은 것이다.

"그래, 마레로 마을에서 출발할 때는 몇 명이었는가? 100명은 넘었지?"

"아뇨. 넷이었는데요."

"뭐라고? 넷? 겨우 넷이 출발했다는 말인가? 참말인가?"

"그렇습니다. 백작가의 영애와 길잡이, 그리고 우리 둘이 전부였습니다."

"허어~! 말도 안 되는……. 나이젤 산맥을 관통하면서 겨우 넷이라니? 정말 넷이 출발했다고? 백작가 영애와 길잡이 빼고 자네 둘뿐이었다고?"

"네, 그래서 가뿐히 지나왔습죠."

"허어, 정말인가 보군. 하긴 소드 마스터가 있으니."

백작은 이해가 된다는 듯 고개를 끄덕인다.

검사이기 때문이다. 젊은 시절, 검의 끝이라는 소드 마스터가 되기를 꿈꿨다. 하지만 지금도 그게 어느 정도 화후인지 모른다. 태어나 한 번도 본 적이 없기 때문이다.

"몬스터들은 안 나타났나?"

"안 나타나기는요? 오크와 트롤은 물론이고 오우거와 와이번까지 만났습죠. 하하하!"

라세안은 짐짓 너스레를 떠는 듯한 표정을 지었다.

물론 백작은 놀랍다는 얼굴이다.

백작가의 영애는 무력이 없을 것이다. 길잡이 머피도 용병으로 등록되어 있기는 하지만 칼잡이가 아니다.

그렇다면 단둘이서 물리쳤다는 뜻이다.

"그럼 모두 물리쳤는가? 다친 덴 없고? 대단하군."

"그것뿐만 아니라 드래곤도 물리쳤는데요, 뭐."

"뭐? 드, 드래곤? 에이, 농담이겠지."

"농담 아닌데요."

"……!"

백작은 라세안의 말이 진짜냐는 표정으로 현수를 바라본다.

"어쩌다 보니 그렇게 되었습니다."

"허어! 이거야 정말……."

백작은 놀랍다는 얼굴로 둘의 얼굴을 번갈아 바라본다.

"그나저나 저희는 왜 부르셨는지요?"

"아참, 자네에게 부탁할 게 있어 불렀네."

"말씀하십시오."

"며칠 후 이웃 영지와 기사대전을 벌이게 되네. 우리 영지를 대신하여 자네가 나서주었으면 좋겠어서 불렀네."

"네?"

"저쪽 영지에서 내세우는 자 때문에 우리 영지 기사 여럿이 패했네. 그놈 좀 꺾어주게."

"놈을 꺾어요?"

"그래, 목숨은 빼앗지 않아도 되네. 저쪽이 패배한 걸 인정하기만 하면 되네."

"좋습니다. 그럼 보수는 얼마나 주실 겁니까?"

"500골드면 어떤가?"

한화로 5억 원이다. 거금이다.

준비된 판에 들어가서 정해진 상대와 검을 나누는 것뿐이다. 상대를 죽이라는 것도 아니다. 패배만 인정받으면 된다.

그런 임무에 대한 보수로는 상당히 큰 금액이다.

하여 현수와 라세안은 의아하다는 표정이다. 이곳 몬테규 백작가에 관한 자세한 소문을 듣지 못한 때문이다.

그렇기에 왜 이리 큰 금액을 부르느냐는 표정을 지었다.

"······!"

이를 망설이는 것으로 짐작했는지 대번에 금액을 올린다.

"500이 적다면 600골드는 어떤가?"

"네? 600골드요?"

1억 원이 올라간다. 지구라면 연봉 5,000만 원짜리 봉급쟁이 2년치 급여이다.

"부탁하네. 우리 가문의 명예가 걸린 일이네. 저쪽은 소드 익스퍼트 최상급이니 자네가 이길 것이네."

"이쪽엔 사람이 없습니까?"

"으음! 부끄럽게도 그렇다네. 기사단 기사의 50%가 봉검 중이네. 더 이상 검을 꺾으면 영지 운영에 차질이 빚어질 정도이네."

"검을 꺾다니요?"

"자네에겐 말을 안 했지만 대결에서 패하면 10년간 검을 쥐지 않겠다는 맹세를 해야 하네. 자넨 소드 마스터이니 당연히 이길 것이라 생각하여 말을 안 했네."

"우리 같은 용병이 나서는 것보다는 이쪽 영지의 검사가 나서는 것이 모양새가 더 좋지 않을까요?"

"안타깝게도 그럴 수준의 검사가 남아 있지 않네. 최고가 소드 익스퍼트 초급이네."

"흐으음!"

라세안은 깊은 숨을 내쉰다. 그리곤 시선을 돌린다.

"재미있지 않겠나? 초급을 최상급으로 올리는 거. 가능하지? 며칠이나 걸리겠는가?"

"그거… 가능하기는 하지. 문제는 그게 누구냐는 거지."

"……?"

둘의 대화를 들은 백작이 의아하다는 표정이다. 그러거나 말거나 대화는 이어진다.

"초급을 최상급으로 올리는 데 이레면 되지?"

"이레? 농담해? 그리고 그런 인재가 여기 있을 거라고 생각해?"

백작이 끼어든다.

"지, 지금 둘이 무슨 말을 하는 건가?"

"아! 이 친구가 검사 조련에 일가견이 있거든요."

"검사를 조련해? 이레 만에?"

백작은 이게 대체 무슨 소리냐는 표정이다.

"네, 시간만 넉넉하면 초급을 최상급으로 이끌 수 있죠."

"그게 그렇게 쉬운 일인가?"

"다른 사람에겐 어렵지만 이 친구는 가능합니다. 하지만 그 효과는 일시적입니다."

"뭐? 대체 무슨 소리인가? 그리고 C급 용병이 어떻게……?"

몬테규 백작은 영문을 모르겠다는 표정을 짓는다.

"드래곤을 물리친 게 이 친구거든요."

"뭐, 뭐?"

현수에게 사실인가를 눈빛으로 묻는다.

"사실입니다. 이 친구가 단독으로 드래곤을 쫓아냈습니다."

"말도 안 돼! 어떻게 C급 용병이…… 인간의 능력으로 어떻게 드래곤을……?"

"거짓말 아닙니다. 그러니 이 영지의 검사들을 만나보게 해주십시오. 그중 가장 가능성 높은 사람을 골라 최상급으로 만들어보겠습니다."

"……?"

백작은 얼빠진 표정으로 현수와 라세안만 번갈아 바라본다. 그러다 문득 떠오른 생각이 있다.

드래곤과 일대일로 대결하여 물리친 것이 아니라 괴이한 꾀를 부려 곤란한 상황을 모면했을 것이라는 것이다.

이때 라세안이 나선다.

"일단 검을 익힌 사람들을 모두 불러주십시오."

"정말인가? 정말 가능한가?"

백작이 반문에 현수는 심드렁한 표정이다.

"그냥 자네가 나서! 왜 나까지 끌어들여, 귀찮게?"

"귀찮다니? 나서주시게. 부탁이네."

백작은 하찮은 C급 용병 하인스에게 시선을 고정한 채 묘한 표정을 짓는다. 이때 라세안이 입을 연다.

"한번 해봐. 자네 능력이라면 가능하지 않은가? 내가 뭐든

적극 지원하겠네. 드워프가 만든 아머 풀 세트와 검, 그리고 방패 정도면 되겠나?"

"뭐, 뭐라고? 드워프제 아머?"

공식적으로 아드리안 공국엔 드워프제 아머가 하나도 없다.

검과 방패 역시 없다. 드워프가 만든 거라면 딱 하나, 전투 시 팔뚝을 보호해 주는 완호갑 한쪽이 있을 뿐이다.

"헤르시온이라고 들어보셨습니까?"

"뭐, 뭐, 헤르시온? 헤르시온이라면……. 사, 사, 사실인가?"

백작은 너무나 놀라 말도 잇지 못한다.

헤르시온은 전설로만 전해지는 마도시대 때 마법 갑옷이다.

소드 익스퍼트 초급이라도 이것을 걸치면 단숨에 상급 효과를 갖게 된다. 다시 말해 두 단계쯤 능력치를 올려준다.

대륙의 역사에서 사라진 건 벌써 몇백 년 전이다.

최종적으로 발견된 곳은 누군가의 던전이다.

그나마 너무도 오랜 세월을 견뎌내느라 다 삭아버려 발굴 현장에서 가루가 되어 흩어졌다.

아드리안 공국의 산파인 카이엔 제국은 물론이고 로완 제국, 라이서 제국, 카시온 제국 등에서도 찾아볼 수 없는 귀물이다.

모든 검사가 얻기 바라는 물건이고, 모든 마법사는 한 번만 이라도 보기를 바라는 것이다.

세상에 내놓으면 최소 100만 골드를 받을 수 있다.

한국 돈으로 치면 1조 원이다. 이런 어마어마한 금액을 기꺼이 내놓을 것이라 예상하는 이유는 헤르시온을 복제할 수만 있으면 대륙 제패가 가능하기 때문이다.

소드 마스터는 극히 드물어도 소드 익스퍼트 상급은 제법 많다. 이들에게 헤르시온을 걸치게 하면 모두 소드 마스터의 능력을 보이게 된다.

그런데 최상급이 걸치면 어떤 결과를 빚어내겠는가!

아무튼 소드 마스터 1,000명으로 이루어진 기사단을 가지면 어느 제국이든 무너뜨릴 수 있다.

그렇기에 100만 골드가 아니라 1,000만 골드를 넘겨받을 수도 있다. 어쩌면 1억 골드도 가능할지 모른다.

그런 물건이 있다고 하니 놀란 표정을 짓는 것이다.

"사, 사실이냐고 물었네. 저, 정말 헤르시온이 있단 말인가?"

"노코멘트입니다."

"…1,000골드, 아니 2,000골드를 내겠네. 맡아주시게."

"아무튼 자네가 하게. 난 헤르시온을 댈 테니."

"어휴~!"

현수가 나직한 한숨을 내쉬자 백작이 반색한다. 반쯤 승낙

했다는 의미로 받아들인 것이다.

"지, 지금 즉시 부르지. 잠시만 기다리시게."

백작은 혹시 마음 변할까 싶었는지 후다닥 밖으로 나간다.

"정말 헤르시온이 있어?"

"응, 하나 있어. 너무 오래되어서 제대로 작동되는지는 알수 없지만. 우리 아버지가 내게 남기신 거야."

"꺼내봐. 작동하는지 확인해 보게."

"그래, 꺼내지. 잠깐만."

라세안은 아공간을 열어 헤르시온을 꺼냈다. 빌모아 마을에서 본 것은 제작 중인 것이다.

다시 말해 현수는 완성품을 본 적이 없다. 그런데 보았던 설계도와는 약간 다른 스타일인 듯싶다.

"이건가?"

"그래. 아주 오래된 거네. 확인해 봐."

현수는 헤르시온의 이모저모를 살펴보았다. 새겨진 마법진도 꼼꼼하게 살펴보았다. 헤르시온을 허리에 차고 버튼을 눌러 가동시켰지만 아무런 변화도 없다.

"마나석이 다돼서 그런가? 어디 보자."

최상급 마나석을 끼우자 푸르스름한 빛이 나는가 싶더니 전체로 번져 간다. 그러더니 조금 전 눌렀던 버튼의 효과 때문인지 현수의 전신이 붉은 갑옷으로 뒤덮인다.

좌르르르르륵ᅳ!

"우와! 멋있네. 이게 이런 모양이 되는구나."

라세안이 자리에서 벌떡 일어나며 탄성을 지른다.

아버지인 레드 드래곤으로부터 헤르시온을 처음 물려받았을 때 이것을 작동시킨 적이 있다.

당시엔 거울이 없어 어떻게 변화하는지 알 수 없었다.

현재 현수의 전신은 붉은빛이 감도는 갑옷으로 뒤덮여 있다. 코와 입, 그리고 귀 부분에만 구멍이 뚫려 있을 뿐이다.

무게감은 거의 느껴지지 않는다. 한국으로 치면 얇은 점퍼 하나를 걸친 듯한 정도이다.

가슴 부분엔 고색창연한 문양이 그려져 있다. 구름 속을 노니는 레드 드래곤이 화염의 브레스를 뿜어내는 모습이다.

등에는 어떤 궁전의 모습이 그려져 있다. 한국으로 치면 경복궁의 조감도 같은 것이다.

팔다리를 움직여 보았지만 불편함이 거의 없다.

살짝 뛰었음에도 신형이 치솟는다.

현수는 이런저런 동작을 취하며 헤르시온의 상태를 점검했다. 팔 안쪽에 파란빛을 내는 게이지 비슷한 것이 있다. 열 칸 중 한 칸만 빛을 발한다.

"이거 전체 수명 중 10분지 1 정도만 남았나 보네."

"그래? 하긴 굉장히 오래된 물건이니 그럴 만도 하지."

라세안은 개의치 않는다는 표정이다. 지금껏 상당히 많은 유희를 했지만 헤르시온은 한 번도 사용하지 않았다.

앞으로도 쓸 일은 없을 것이다. 그러니 수명이 얼마나 남든 상관없다 여긴 것이다.

CHAPTER 09
임시 소드 마스터 만들가

"모두 집합시켜 놓았네."

"아, 그래요? 나가보자."

"그러지."

현수와 라세안이 안내되어 간 곳은 기사수련장이다.

영문 모른 채 집합해 있는 사내들은 영주가 나타나자 일제히 군례를 올린다.

"추웅―! 영주님께 영광을!"

"쉬어!"

"전체 쉬어!"

기사단장의 구령에 모두 가슴에 댔던 손을 떼며 일어선다.

"지금 내 곁에 있는 이 사람은 소드 마스터이다."

"……!"

모두 경악한 시선으로 라세안을 바라본다.

"오늘 제군들의 능력을 평가할 것이다. 가장 괜찮다고 평가되면 소드 마스터로부터 지도받을 특혜를 베풀 것이다. 그럼 지금부터 이 사람의 지시를 받으라."

백작의 손짓에 따라 모두의 시선이 현수에게 고정된다.

"흐음, 모두 검을 뽑으시오."

챙, 쉬잉! 스르륵! 스륵! 쉬익!

현수의 말에 모두 검을 뽑는다.

"내가 가까이 다가가면 최대한 마나를 불어넣으시오. 그걸 보고 선택할 것입니다. 알겠습니까?"

"네!"

"좋습니다. 그럼 지금부터 시작합니다."

현수가 다가가면 기사들은 최대한 쥐어짜는 표정을 짓는다.

기사수련장에 집합해 있는 인물의 수효는 100여 명이다. 천천히 걸어 이들의 상태를 살펴보았다.

두 번을 살펴보았지만 마음에 들지 않는다. 이때 수련장 벽쪽에 도열해 있는 기사, 또는 기사 후보들이 보인다.

"그쪽도 검을 뽑아 마나를 불어넣어 보시오."

스룽! 스르릉! 쉐엑! 쉬익! 챙!

기다렸다는 듯 모두 검을 뽑는다.

현수는 천천히 이들의 주변을 맴돌았다. 그러던 중 거의 마지막에 서 있는 작은 체구의 청년이 눈에 띈다.

검에 실린 마나를 보면 소드 익스퍼트 초급에도 미치지 못하는 것으로 보인다. 냉정히 평가하자면 소드 유저이다.

현수가 발걸음을 멈춘 이유는 마나의 정순함 때문이다. 다른 기사들과 달리 적은 양이지만 균일한 분포를 보이고 있다.

"자네, 이름이 뭔가?"

"저, 저는 하몬드입니다."

갓 스무 살쯤 되어 보이는 야리야리한 청년 하몬드는 얼떨떨한 표정을 짓는다.

"좋아, 하몬드. 마나 심법을 익혔나?"

"네? 아, 아닙니다. 아직……."

"알겠네. 일단 나를 따르게."

"네, 알겠습니다."

현수는 하몬드를 대동한 채 다시 한 번 기사들을 살폈다. 그리곤 단상으로 올라섰다.

"모두 검을 집어넣게."

"……!"

기사와 후보들 모두 검을 집어넣자 현수가 백작을 바라본다.

　"이 친구로 하겠습니다."

　"뭐? 하몬드를? 아직 기사 서임도 못한 후보생이네."

　"혹시 하몬드를 저쪽 영지에서 압니까?"

　"알 것이네. 우린 상대에 대해 속속들이 알고 있으니."

　"그럼 잘되었네요. 소드 유저인 하몬드가 최상급을 깨면 정신적 충격이 크겠지요?"

　"그, 그게 가능한가?"

　"불가능한 일은 아닙니다. 다만 그 효과가 영구하지 않다는 것뿐이지요."

　"장담할 수 있는가?"

　"상대가 정말 최상급이라면 장담하지요."

　"좋네. 믿겠네."

　"하몬드, 나이는 몇이고 검 잡은 지 얼마나 되었는가?"

　"나이는 스물, 검을 잡은 지는 9년 되었습니다."

　"마나 심법은 익히지 못했다고?"

　"네, 아직 기사 서임을 못해 불사조기사단의 마나 심법을 전수받지 못했습니다."

　하몬드는 잔뜩 긴장한 표정이다. 사성장군 앞에 선 소위 같은 기분이 들어서일 것이다.

"지금부터 움직이지 말게."

"네?"

"마나 디텍션!"

샤르르르르ー!

현수의 손에서 뿜어 나간 마나는 하몬드의 신체 곳곳을 누볐다. 건강 상태를 알기 위한 것이 아니기에 점검은 금방 끝났다.

"흐음, 예상대로군. 좋아, 이제부터 마나 심법을 전수할 것이다. 집중해서 잘 들어라. 알겠나?"

"네!"

"온 우주에 분포되어 있는 마나는……"

현수의 설명이 이어지는 동안 하몬드는 정신을 집중하여 귀를 기울였다.

지금 전수되는 마나 심법은 멀린이 남긴 여러 검법 가운데 하나이다. 약 500년 전 세상을 풍미했던 소드 마스터의 심득이 담긴 것이다. 당연히 뛰어난 효율을 가진 것이다.

현수는 몇 번을 반복해 가며 심법을 전수했고, 그것이 체내에서 어떻게 운용되는지 알려주었다. 반나절이 지났을 즈음 하몬드는 마나 심법을 제대로 운용하게 되었다.

"자! 다음은 검법이다. 이건 웬만해선 익히기 어려우니 지

식 전이 마법을 좀 쓰지. 조금 어지러울 수도 있지만 꾹 참아
야 하네."

"네, 알겠습니다."

"눈을 감게. 좋아! 날리지 트랜스퍼(Knowledge transfer)."

"으응? 으으, 으으으으……!"

하몬드의 뇌리로 쏟아져 들어가는 것은 카룬검법뿐만이
아니다. 소드 마스터의 독문검법인 카룬검법을 익히려면 그
보다 하위 개념이 기초를 이루고 있어야 하기 때문이다.

지식 전이 마법은 9서클 마법이다. 따라서 9서클 마법사가
아니면 사용할 수 없어야 정상이다.

현수는 분명 8서클 마법사이다.

그럼에도 9서클 마법을 쓸 수 있는 이유는 희미하게나마
아홉 번째 서클이 생성된 때문이다.

그리고 9서클 마법 중 지식 전이 마법이 가장 쉽다.

아무튼 현수에 의해 많은 검법 지식이 하몬드의 뇌리로 스
며들고 있다. 당하는 하몬드는 어질어질하여 죽을 지경이다.

현수 역시 적절한 수준만 보내지도록 노력하는 중이다. 너
무 많은 지식이 전이되면 미치거나 바보가 될 수 있기 때문
이다.

"자, 이제 살몬검법을 구사해 봐라."

"네!"

현수의 말이 떨어지기가 무섭게 하몬드의 몸이 움직인다.

"좋아, 다음은 아캄포검법이다. 3식부터 시전해."

"알겠습니다."

아몬드가 운용하는 검을 살펴본 현수가 고개를 끄덕인다.

몸에 익지 않아 다소 밋밋하고 허술한 듯 보이지만 요체만은 그대로 운용되고 있다.

"레만검법 5식부터… 하룬검법 후반부… 알로이검법 전반부… 쿠리안검법 후반부를 시전해."

현수의 말이 떨어지는 것과 동시에 하몬드의 검이 움직인다.

그렇게 십여 가지 검법이 구사되었다.

"흐음! 이쯤이면 카룬검법을 익혀도 되겠군. 자, 카룬검법 시전해 봐."

"네, 알겠습니다."

하몬드가 천천히 검을 휘둘렀다. 그건 분명 카룬검법이다.

현수는 하몬드의 검이 조금 더 정교해지도록 자세를 수정해 주었다. 이미 익힌 검법이기에 숙달된 조교로부터 훈련을 받는 것과 다름없다.

하몬드와 현수는 수련장에서 4박 5일을 보냈다. 그러는 동안 검법은 점점 더 정교해졌다. 어느 정도 익숙해진 뒤엔 대련으로 임기응변 상황을 만들어 적응시켰다.

5일 뒤 하몬드는 헤르시온을 착용한 채 검법을 수련했다.

그의 손에는 드워프가 만든 검과 방패가 들려 있고, 완호갑과 각반, 그리고 장갑을 끼고 있다. 이 기간 동안 라세안 이외의 인물은 기사수련장 접근 금지였다.

몬테규 백작도 접근을 차단당했다. 물론 엄청 투덜거렸지만 그러면 훈련을 멈추겠다는 말에 물러났다.

7일이 되던 날, 하몬드는 소드 익스퍼트 최상급의 능력을 보였다. 이를 바라보던 현수는 고개를 끄덕였다.

이때 몬테규 백작이 부른다는 라세안의 전갈이 있었다.

"하인스 경, 내일이 그날이네. 어느 정도 준비되었는가?"

"나가도 될 듯합니다."

"흐음! 믿어도 되겠는가?"

몬테규 백작이 나직한 한숨을 내쉰다. 말은 이렇게 했지만 미덥지 않은 면이 있기 때문이다.

하몬드는 소드 익스퍼트 반열에도 오르지 못한 소드 유저일 뿐이다. 따라서 대결에서 져 10년간 검을 놓게 되어도 영지 전력이 누수되는 것은 아니다.

하몬드는 있어도 그만 없어도 그만이기 때문이다.

문제는 이번에도 지면 11연패라는 것이다.

아드리안 공국의 귀족들은 두 가문의 대결을 관심을 갖고 지켜본다. 자고로 구경 가운데 최고는 싸움 구경과 불구경이다.

하여 거의 모든 귀족가에서 참관인을 보낸다. 이들은 현장감을 생생하게 전달할 수 있는 재간꾼들이다.

만일 또 지게 된다면 지독한 가문의 망신이 된다. 그리고 이건 전설처럼 공국 전체로 번질 것이다.

공국 전체에서 가장 찌질한 가문이 되는 것이다.

대결이 이어지는 동안 두 가문의 사이는 많이 벌어졌다. 계속된 대결에 둘 다 자존심이 상한 때문이다. 하여 다시는 두 가문 간의 혼사는 없을 것이란 선포를 했다.

이에 공국 귀족들도 한 가지 선언을 했다.

어떤 가문이든 12연패를 하면 그 가문과는 어느 누구도 혈연으로 맺어지지 않겠다고 한 것이다. 다시 말해 12연패를 당하면 외부와의 혼사가 끝난다.

정략혼조차 못한다면 가문의 영달을 기대하기 힘들어진다는 뜻이다. 몬테규 백작은 조바심이 났지만 방법이 없다.

소드 마스터인 라세안이 나서주었으면 좋겠다. 그런데 절대 나서지 않겠다고 한다.

"만일 이번 대결에 지면 라세안 경이 나서야 하네."

"우리에게 그럴 의무가 있는 건가요?"

현수는 어이없다는 표정을 짓는다. 이건 계약 사항이 아니기 때문이다.

"2,000골드! 그거 그냥 지불하는 거 아니네."

"여기 있는 헤르시온의 임대료도 못 된다는 거 아시죠?"

"이기기만 하면 문제가 없네. 근데 못 미더워서 그렇지."

"한번 믿어보십시오. 헤르시온이 있잖습니까."

"그거 좋은 거야 알지만 하몬드는 소드 유저였네. 헤르시온 덕에 두 단계 오른다 해도 소드 익스퍼트 중급이네. 상대는 그보다 두 계급이 높은 최상급이고. 이기기 힘들어."

"이길 겁니다. 그러니 기대하십시오."

"처음부터 중급을 택하지 왜……."

몬테큐 백작은 몹시 아쉽다는 표정이다.

캐플렛 가도 10연패를 당한 적이 있다. 따라서 지금 기록하고 있는 10연패는 창피스러운 것으로 끝이다.

그런데 여기서 11연패로 이어지면 개망신이고, 12연패는 작위를 잃는 것과 같은 대치욕이 된다.

"허어, 이거야 참! 아무튼 지면 나서게 해주게."

"백작님, 그건 제 소관이 아닙니다. 저는 C급이고 그 친구는 A급입니다. 아시죠? 용병들은 급수가 계급이라는 걸."

"알긴 아네만, 아무튼 자네가 도와줄 수 있지 않은가? 응? 그러니 대결에서 패하면 라세안 경이 나서도록 해주게."

"장담할 순 없습니다."

"그래도 부탁하네."

"왜 벌써부터 질 거라고 생각하시죠?"

"하몬드는 소드 유저네. 상대는 소드 익스퍼트 최상급이고! 헤르시온이 있어도 이길 수 없는 싸움이네. 오크가 오우거 갑옷을 입는다고 드레이크와 싸워 이길 수 있다고 생각하나?"

"전 진다고 생각하지 않습니다."

"아니! 해보나 마나 질 것이네. 나는 그리 생각하네."

"그럼 저랑 내기하실래요?"

"내기?"

"지는 사람이 2,000골드 내는 걸로 하면 어떻겠습니까?"

"2,000골드라면……. 오호라! 지면 내게 받은 수임료를 내놓고 가겠다고? 이런 괘씸한! 그런 속셈인가?"

이번 용병 계약은 다른 때와 달리 임무 실패에 따른 보편적인 페널티가 없다. 지면 10년간 검을 놓아야 한다는 항목이 너무나 부담되기 때문이다.

백작은 페널티 조항을 뺀 것을 후회했다. 이런 상황이 있을 거라곤 예상치 못했기 때문이다.

＊　　　＊　　　＊

"와와와와와와!"

이곳은 몬테규 영지와 캐플렛 영지, 그리고 두 영지와 인접한 로미오 영지가 만나는 곳에 위치한 대련장이다.

규모는 1만여 석.

수도인 멀린에도 없는 대규모이다.

이곳은 현재 입추의 여지가 없을 정도로 사람들로 빽빽하다.

참관석의 중앙엔 귀족 셋이 나란히 앉아 있다.

심프슨 알몬 드 몬테규 백작과 그레고리 가렌 폰 캐플렛 백작, 그리고 할렌 모리스 반 로미오 자작이다.

로미오 자작은 왕궁에서 지정한 인물이다.

혹시 있을지 모를 불상사를 방지하기 위해 임명된 자로 공국의 두 실세 중 하나인 필립스 공작의 사위이다. 그래서 작위는 낮지만 두 백작이 함부로 대할 수 없는 인물이다.

"와와와와와와!"

빽빽이 들어찬 관중들은 함성을 지르며 분위기를 고조시키고 있다. 이제 곧 시작될 대결 때문이다.

들리는 소문에 의하면 몬테규 가에선 겨우 소드 유저인 풋내기를 기사로 내보낸다고 한다.

캐플렛 가에선 6연승을 거둔 A급 용병 플랙스가 나온다.

소드 익스퍼트 최상급 중에서도 강자로 소문나 있다. 6연승 중 다섯 번이 최상급과의 대결이었던 것이다.

"자아! 양가를 대표하는 기사들 입장하겠습니다! 먼저 몬테규 가의 기사 하몬드 경 들어오십시오."

"와와와! 하몬드! 하몬드! 하몬드! 와아아아아!"

관중들의 환호 속에 하몬드가 등장한다. 이제 겨우 스무 살이기에 한눈에 봐도 풋풋하다.

"다음은 캐플렛 가의 A급 용병 플랙스 입장하십시오."

"와와! 플랙스! 플랙스! 플랙스! 7연승! 7연승! 와와와!"

당당한 기세로 입장한 플랙스는 키도 크고 덩치도 크다. 옷 밖으로 드러난 근육이 장난이 아니다. 벤치프레스나 덤벨 등으로 키운 우람한 근육이 아니다. 수련을 통해 얻은 근육이다.

덩치, 키, 근육, 나이 모두 플랙스가 우세하다. 관중들은 구경을 하며 누가 이기는지 돈을 건다.

지금까지는 거의 대부분 100대 180이었다.

양쪽에서 100골드씩 걸면 이긴 쪽이 180골드를 가진다. 20골드는 중간 거간꾼들의 몫이다.

그런데 이번 대결은 100대 105이다. 플랙스 쪽이 너무나 우세하여 이런 결과가 빚어진 것이다.

관중들 입장에선 플랙스가 이겨도 몇 푼 못 벌지만 그래도 오늘은 즐거운 하루이다. 이긴 쪽 가문에서 관중들에게 술 파티를 열어주기 때문이다.

메인 게임이 있기 전까지 십여 쌍의 대결이 있었다. 분위기 고조를 위한 일종의 애피타이저(Appetizer)였다.

"그럼 이제부터 양쪽 대표의 대결이 있겠습니다. 준비!"

심판의 말에 하몬드와 플랙스가 시선을 마주친다.

하몬드는 반드시 이기겠다는 표정이다. 플랙스는 네까짓 게 감히라는 얼굴이다.

"시작!"

심판의 말이 떨어지기 무섭게 하몬드의 눈에 열망의 빛이 흐른다.

"온!"

말이 끝나기 무섭게 헤르시온이 하몬드의 전신을 감싼다. 대결에 임한 플랙스는 물론이고 관중들까지 잠시 움찔거린다.

약 3초간 정적이 흘렀다. 그것은 누군가의 외침에 의해 깨졌다.

"저, 저, 저건… 헤, 헤르시온이다!"

"…헤, 헤, 헤르시온? 지, 진짜 헤르시온?"

"헤르시온이 나타났다! 헤르시온이다!"

관중석의 누군가로부터 시작한 이 말은 관중석 전체에서

울려 퍼지기 시작했다.

하몬드가 소드 유저라는 걸 플랙스는 모른다. 혹시 나태할까 싶어 캐플렛 백작이 듣지 못하도록 차단한 때문이다.

그래서 기세당당하던 플랙스가 움찔거리며 물러선다.

상대는 애송이다. 그런데 만일 검에 대한 소질이 대단히 뛰어나 소드 익스퍼트 중급이었다면 이제 소드 마스터와 같은 위력을 지니게 될 것이다.

현수는 소드 익스퍼트 최상급일 때 소드 마스터들을 이겼다. 타임 딜레이라는 마법이 있었기 때문이다.

마법이 없었다면 결코 승리를 얻을 수 없었을 것이다.

아무튼 소드 익스퍼트 최상급은 결코 소드 마스터를 이길 수 없다. 이건 거의 절대적인 법칙이다.

그렇기에 위축감을 느끼며 뒤로 물러선 것이다.

스르르르릉―!

하몬드가 먼저 검을 뽑았다. 장인 종족인 드워프가 만들어 낸 것이다. 당연히 한눈에 보기에도 범상치 않다.

시종이 다가와 방패를 건넨다. 이것 역시 예사롭지 않다.

"헐! 저, 저건… 드, 드워프제 무구 아냐?"

"뭐라고? 드워프제 무구? 저게?"

"맞다! 저거 드워프제 무구다."

플랙스는 또 한 걸음 물러선다.

그러면서 자신의 검을 들여다본다. 좋은 것이지만 드워프 제 무구와 맞부딪치면 분명히 부서질 것이다.

검이 부서지면 목숨을 잃을 수도 있다.

지금껏 많은 돈을 받았지만 목숨과 바꿀 수는 없다. 하여 저도 모르게 물러선 것이다.

하몬드는 대결에 임하기 전 현수를 보고 왔다. 그때 본인은 느끼지 못했지만 몇 가지 마법이 시전되었다.

스트렝스와 헤이스트, 아이언 스킨과 킨 아이(Keen eye)이다. 강한 힘을 내고 재빠른 몸과 강력한 피부, 그리고 예리한 시선을 가지게 하는 마법이다.

마법 지속 시간은 대략 10분이다. 그 정도면 충분하다.

잘 싸우고 오라며 포옹해 줄 때 현수는 하몬드의 어깨를 잠시 주물렀다. 이때 적지 않은 마나가 흘러들었다.

무협으로 치면 격체전공 비슷한 것이다.

다른 점이 있다면 마나가 단전으로 흘러든 게 아니라 하몬드의 어깨와 팔로 스며들었다는 것이다.

붉은 헤르시온이 전신을 뒤덮는 순간 하몬드는 불끈 솟는 기운을 느꼈다.

'그래, 이거야! 흐음, 검을 뽑았으니 이제 저놈을 바라보며 검에 마나를 실으라고 하셨겠다? 근데 그렇게 하면 저놈이 쫄 거라고 하셨는데 정말 그럴까?

하몬드는 현수가 일러준 순서에 따라 검에 마나를 불어넣었다. 헤르시온을 걸치곤 있지만 마나의 양이 워낙 적어 검날에 푸른 검기가 맺히는 게 전부이다.

'저놈은 최상급이라고 했는데 정말 쫄까? 에라, 모르겠다. 난 시키는 대로 할 뿐! 이잇!'

하몬드는 순서에 따라 검에 마나를 불어넣었다.

지이이이잉—!

검끝에서 시퍼런 검기가 쭈욱 솟아난다. 그 순간 관중석의 술렁임이 멈추고 질식할 것 같은 침묵이 흐른다.

하지만 그 침묵은 그리 길지 않았다.

"헉! 소, 소드 마스터다! 몬테규의 기사는 소드 마스터야!"

"마, 맞아! 소드 마스터야! 저 검강 좀 봐!"

"소드 마스터 맞아! 세상에! 소드 마스터라니!"

"우왕, 나 플랙스에게 돈 걸었는데! 흐앙! 나 이제 망했다!"

"아! 나도… 망했다, 망했어! 빌어먹을! 소드 마스터라니! 세상에 맙소사!"

관중들이 술렁이는 동안 플랙스가 비틀비틀 뒤로 물러난다. 소드 익스퍼트 최상급은 마스터를 이길 수 없기 때문이다.

이건 해보나 마나이다.

당랑거철(螳螂拒轍)이라는 말이 있다.

사마귀가 수레를 막는다는 말로, 자기 분수도 모르고 상대가 되지 않는 사람이나 사물과 대적한다는 뜻이다.

플랙스는 이길 수 없는 상대에게 덤벼드는 무모함을 만용이라 여긴다. 지극히 올바른 판단이다.

그렇기에 스스로의 분수를 알고 물러선 것이다.

그 순간 하몬드의 신형이 움직인다. 500년 전 소드 마스터였던 카룬 후작의 독문검법이 시전되기 시작했다.

시퍼런 빛을 띤 검강이 대련장 허공을 휘젓는 순간 관중들의 입이 딱 벌어진다.

플랙스라 하여 다를 바 없다. 황급히 심판을 바라보자 마침 시선을 보내는 중이다. 플랙스는 즉시 입을 열어 소리쳤다.

"포, 포기! 포기합니다!"

"…모, 몬테규 가의 승리를 선언합니다!"

"와아아아!"

대련장 좌측에서 일제히 함성을 터져 오른다. 몬테규 영지 사람들이 앉는 쪽이다. 반대쪽은 당연히 침묵이다. 캐플렛의 패배가 믿어지지 않는다는 듯 일제히 고개를 숙인다.

"백작님, 2,000골드 잊지 않으셨죠?"

현수의 말에 몬테규 백작의 고개가 끄덕여진다.

백작은 지금 정신이 혼미한 상태이다. 도저히 믿을 수 없는 일이 벌어진 때문이다. 하여 저도 모르게 고개를 끄덕인 것이다.

한낱 소드 유저가 불과 며칠 만에 소드 마스터가 되었다.

소드 익스퍼트 초급, 중급, 고급, 최상급을 거쳐 소드 마스터에 이르는 다섯 레벨이 상승한 것이다.

헤르시온의 효과는 두 레벨 상승이다. 그런데 추가로 세 단계가 더 업그레이드되었다. 말도 안 될 일이다.

이건 지난 며칠 사이에 현수가 그렇게 만들었다는 것이다.

다시 말해 헤르시온이 없어도 하몬드의 화후가 소드 익스퍼트 상급이라는 것을 의미한다.

말도 안 될 일이다. 그런데 어쩌겠는가!

눈앞에서 검강이 휘둘러진다. 한눈에 보기에도 하몬드의 검법은 예사롭지 않다. 끊임없는 검식이 물 흐르듯 이어진다.

예리하게 베는가 싶더니 섬전처럼 찌르는 초식으로 바뀐다. 느닷없이 각도가 바뀌며 검화가 흩뿌려진다. 보기엔 예쁜 꽃 같지만 그것에 닿으면 가죽이 베어지고 뼈가 파인다.

백작이기 이전에 검을 다루는 검사이기에 몬테규 백작은 검화가 무엇을 의미하는지 알고 있다. 지금 눈앞에서 그간 꿈꾸던 상승 검식이 시전되고 있는 것이다.

"이보게, 백작! 소드 마스터라니? 그리고 헤르시온이라니? 어, 어떻게 이런 일이! 세상에 맙소사!"

"……!"

그레고리 가렌 폰 캐플렛 백작의 물음에 심프슨 알몬 드 폰 테규 백작은 빙그레 웃음만 지어 보인다.

웬만하면 그간의 분함 때문이라도 잘난 척했을 것이다.

그럼에도 의미 모를 웃음만 지은 것은 사전에 이렇게 하기로 약속했던 때문이다.

"대단하십니다, 백작님! 이제 겨우 스물로 보이는 기사가 어떻게 소드 익스퍼트 상급이 된 겁니까?"

헤르시온의 효과를 아는 할렌 모리스 반 로미오 자작의 말이다.

"후후, 뭘……. 어쩌다 보니 이렇게 되었네."

"제가 알기로 저 청년은 얼마 전까지 소드 유저였습니다. 그런데 어찌… 벌써 상급이 된 겁니까?"

"아마도……."

"정말 대단하십니다. 그리고 감축드립니다. 10연패의 사슬이 드디어 끊겼네요. 그리고 승승장구하시겠군요."

소드 마스터가 없는 공국이다. 하몬드의 상대는 이제 없는 셈이다. 그렇기에 이런 말을 한 것이다.

바로 곁에 앉아 있던 캐플렛 백작은 아무런 말도 없다.

오늘의 1패를 시작으로 앞으로 줄줄이 패할 것이라는 생각에 정신이 하나도 없기 때문이다.

허무하게 끝난 대결이다. 하몬드는 멋진 검법을 시전했지만 플랙스는 검 한번 못 뽑아보고 포기했다.

치열하거나 엄청난 검법이 난무하는 광경을 기대하고 입장한 관객들은 허탈했지만 소드 마스터의 검강을 보았다.

공국의 어느 누구도 보지 못한 것이다. 하여 소곤소곤 이야기하며 하나둘 퇴장하고 있다.

이들은 새로운 내기를 한다. 몬테규 가에서 승리연을 준비했을지 여부이다. 물론 파티는 준비되어 있지 않다. 이길 것이라고 전혀 예상치 못했기 때문이다.

현수는 얼빠진 표정으로 관람석을 벗어나는 캐플렛 백작에게 다가갔다.

"다음 대결은 언제 있습니까?"

"응? 서, 석 달 후!"

누가 물었는지 모르기에 저도 모르게 한 대답이다.

"저 친구, 우리가 만들었는데 백작님의 영지도 들러볼까요?"

"으응? 뭐, 뭐라고?"

백작의 시선을 받은 현수는 빙그레 웃음 지었다.

"저기 저 친구 하몬드는 우리가 조련했습니다. 열흘도 안 걸렸지요. 어떻습니까? 관심 있습니까?"

"무, 물론이네. 몬테규 가에서 얼마를 지불했는지 모르지만 우린 그것의 두 배를 기꺼이 내겠네. 우리 영지로 오게."

"알겠습니다. 그럼 조만간 찾아뵙죠. 참, 저 친구 이름은 라세안 A급 용병이고 소드 마스터입니다."

"소드 마스터? 라세안 경? 흐음, 알겠네!"

평범한 용병 차림이지만 왠지 범상치 않음이 느껴졌기에 경이라는 말을 붙인다.

"그럼 물러갑니다. 몬테규 백작님과 정산할 게 있어서요."

"으응. 그, 그러시게."

*　　　*　　　*

"영주님, 캐플렛 영지에서 정말 두 배를 준다고 했습니까?"

"그래, 4,000골드는 받을 수 있어."

"하하, 이거야 참! 돈 벌기 쉽구먼요. 하하하!"

라세안과 현수가 호탕하게 웃어젖히자 카트린느가 의아하다는 표정으로 둘을 번갈아본다.

'근데 대체 어떤 방법으로 그렇게 만드신 걸까?'

카트린느의 눈에 하인스 대마법사는 거의 신이다. 그렇게 올리기 힘든 검사들의 레벨을 아주 간단히 올려주었다.

어쩌다 한 번이라면 '마법으로 그랬구나' 할 수도 있다.

그런데 지금 캐플렛 영지로 이동 중이다. 새로운 소드 마스터를 만들어줄 목적이란다.

수도인 멀린으로 가려면 어차피 거쳐 가야 하는 길이다. 그러니 시간낭비하는 것은 아니다.

"참, 몬테규 영지에서 왜 그 녀석을 고른 겁니까? 하몬드는 겨우 소드 유저였지만 익스퍼트 초급이 제법 있었잖습니까?"

"하몬드의 마나가 가장 정순했어."

"그랬습니까? 아무튼 다시 생각해 봐도 몬테규 백작 놀라는 표정이 너무 웃겼습니다."

카트린느가 곁에 있기에 라세안은 꼬박꼬박 존댓말을 쓰고 있다. 물론 현수는 평대 내지는 하대이다.

"그래, 압권이었지. 설마 그렇게 변했을 거라곤 생각지 못했을 거야. 그래서 그렇지."

"크흐흐! 그렇습니다. 눈이 왕방울만 해졌지요."

"참, 헤르시온은 순순히 내놓던가? 꽤 욕심을 부렸을 텐데."

"왜 안 그랬겠습니까? 몬테규 백작이 거금을 제시했습니다."

"그래? 그래서 검이라도 뽑았나?"

"그랬지요. 안 그랬다면 이처럼 순조로운 출발은 없었을 테니까요."

"욕심 낼 만하지. 그것만 있으면 12연승도 문제없으니."

현수가 고개를 끄덕일 때 일행은 모퉁이를 도는 참이었다.

"잠깐 멈추십시오."

모퉁이를 돌고 나니 전방에 일단의 무리가 정연하게 도열해 있다. 일행을 멈춘 건 그들 중 선두에 선 기사이다.

"······?"

"캐플렛 가에서 왔습니다. 어느 분이 라세안 경이십니까?"

"나요. 그런데 왜 길을 막은 게요?"

"일행 분을 모시려고 대기하고 있었던 겁니다."

"아! 그래요? 그럼 같이 갑시다."

라세안이 흔쾌히 허락하자 일행을 감싸듯 호위한다.

CHAPTER 10
겁 없는 중생의 도발

"어이, 머피! 우리의 새로운 목적지는 캐플렛 영지의 영주
성이다. 출발하자고."

"네! 이랴! 이랴!"

길잡이 머피가 가볍게 채찍을 휘두르자 말들이 걷기 시작
한다. 마차 안에 타고 있던 카트린느는 불꽃처럼 타오르는 시
선으로 현수를 바라본다.

'이분, 이분만 잡을 수 있으면 영지가 안전해져.'

카트린느의 이런 생각은 당연했다.

현수는 드래곤마저 단신으로 물리친 대마법사이자 소드

마스터이다. 그리고 이실리프 마탑주이기에 공왕과 버금가는 권력자이다. 따라서 피리안 영지에 머물기만 해도 영지는 안전해진다. 어느 누구도 감히 도발할 수 없는 존재이기 때문이다.

'근데 어떻게 잡지? 겉보기엔 스물다섯쯤으로 보이는데 진짜 나이는 몇이실까? 대마법사이니 백 살은 넘으셨겠지?'

카트린느는 호호백발이 된 100세 노인을 상상했다.

얼굴과 손등엔 온통 저승꽃이라는 검버섯이 돋아 있다. 이빨은 다 빠졌고, 몸에선 노인 냄새가 풀풀 풍긴다.

허리는 구부정하고 제대로 걷지 못해 한 걸음을 떼는 것도 힘겹다. 손은 덜덜 떨며 눈에선 진물이 흐른다.

그런 노인과 결혼해서 한 침대에 누워 있는 자신을 상상했다. 생각만으로도 끔찍하고 몸서리가 쳐진다.

'으히익! 아이고, 못살아.'

카트린느는 청년 모습을 한 현수를 바라본다.

'맞아! 대마법사가 되면 바디체인지를 한다고 했지? 그럼 나이와 상관없는 거잖아.'

그러고 보니 현수의 곁에 가면 좋은 냄새가 난다.

이는 지구에서의 습관 때문이다. 아침마다 세수를 하고 나면 스킨과 로션을 바른다. 아르센 대륙엔 없는 냄새이다.

그 냄새를 맡을 때마다 묘하게 설레었다. 저도 모르게 심호

흡을 하기도 했다.

'그것도 마법인가?'

카트린느는 고개를 갸웃거렸다. 그러거나 말거나 마차는
쉼없이 도로 위를 달렸다.

두두두두두! 덜컹덜컹! 덜컹덜컹!

덜컹거렸지만 엉덩이가 아프지는 않다. 현수가 마차 아래
에 뭔가를 달아놓은 이후부터 진동이 덜 전해지기 때문이다.

캐플렛 영지는 곡창지대인 모양이다. 도로 양쪽에 펼쳐진
밀밭은 끝이 보이지 않을 정도다.

"워워! 워워!"

머피가 소리를 내며 가볍게 채찍을 휘두르자 달리는 속도
가 완연히 느려진다. 이에 창밖을 보니 고색창연한 성채가 눈
에 들어온다. 유서 깊은 캐플렛 영지의 영주성인 듯하다.

"하하하! 라세안 경, 어서 오시게나."

"환대해 주셔서 감사합니다."

"카트린느 양도 어서 오시게."

"네, 백작님을 뵈어요."

카트린느가 치마를 살짝 들며 고개 숙여 예를 갖춘다.

"이쪽은 C급 용병 하인스입니다."

"아네. 자네도 어서 오게."

"아! 그런가요?"

"자자, 여기까지 오느라 수고했으니 일단 배부터 채우세."

"그러죠."

캐플렛 백작은 라세안과 앞장서서 식당으로 이동했다. 뒤에는 호위기사들이 따른다.

자연스레 뒤로 처진 현수와 카트린느는 피식 실소를 지었다.

공왕조차 하대 못할 이실리프 마탑주는 내버려 두고 그의 수하만 정중히 대하는 모습이 웃긴 때문이다.

"우리도 밥은 먹어야겠지?"

"그럼요. 우리도 가야죠."

카트린느가 자연스레 팔짱을 낀다. 기회를 틈탄 스킨십 시도이다. 보는 눈이 많기에 현수는 슬쩍 팔짱을 푸는 대신 손끝을 가볍게 잡는다. 레이디를 인도하는 모습으로 보일 것이다.

'쳇! 그냥 가도 되는데.'

카트린느는 내심 불만족스러웠으나 어쩌겠는가!

현수는 함부로 대할 수 없는 사람이다. 그렇기에 희미한 미소만 지었다. 물론 보여주기 위한 미소이다.

식탁에 당도하니 예상대로 백작의 맞은편 자리는 라세안의 것이다. 그의 좌우에는 백작의 아들과 조카, 그리고 중요가신들이 앉도록 배치되어 있다.

카트린느는 별도의 식탁으로 안내되었다. 백작가 영애이기에 캐플렛 가의 여자들과 함께 자리하도록 한 것이다.

여기까진 별 문제 없다.

현수는 다른 테이블로 안내된다. 하긴 C급 용병이 대귀족인 백작과 한 식탁을 쓰도록 하진 않을 것이다.

자리에 앉고 보니 저쪽에 다른 식탁도 있다. 영지 행정관들과 기사를 위한 자리인 모양이다.

잠시 후 누군가 다가온다. 길잡이 머피이다. 음식이라곤 빵 두 개와 멀건 야채 스튜가 전부이다.

기사들이 있는 식탁엔 빵은 물론이고 스튜 외에도 고기와 과일도 보인다. 라세안 쪽은 아예 진수성찬이다.

"저, 저어……."

현수의 신분을 알기에 머피는 안절부절못한다. 어찌 공왕조차 하대할 수 없는 존재에게 이런 대접을 한단 말인가!

오는 동안 들은 이야기를 종합해 보면 하인스 대마법사는 세상에 알려진 9서클 마스터가 아니라 10서클 마법사이다. 게다가 소드 마스터의 경지를 넘어선 그랜드 마스터라고 한다.

아르센 대륙 역사상 어느 누구도 성취하지 못한 어마어마한 경지이다. 아마 앞으로도 적어도 수천 년은 이 기록을 아무도 깨지 못할 것이다.

이것뿐만 아니라 드래곤과 맞장 떠서 이겼다. 인류 역사상 어느 누구도 이루지 못한 위대한 업적이다.

그런데 가장 말석에 앉히는 것으로 모자라 형편없는 음식만 내온다. 가만히 있다간 불호령이 떨어지거나 난리법석이 날 수도 있다. 어쩌면 캐플렛 영지에 미티어 스트라이크 같은 대재앙이 내려질 수도 있다.

"이봐, 아가씨! 여긴 이게 다인가?"

"그럼요. 근데 뭘 더 바래요? 흥! 주제도 모르고."

식탁에 물을 가져다 준 시녀의 퉁명스런 대꾸이다.

"아니, 저긴 저렇게 음식도 많은데 우린 왜 딱 두 가지만……. 그러지 말고 빵이라도 좀 더 좋은 걸 주지."

"흥! 내가 왜요? 그쪽은 길잡이잖아요. 이쪽은 C급 용병이구요. 근데 뭘 더 바라요? 이 정도면 감지덕지 아닌가요? 그리고 어여 먹고 일어나요. 저쪽 기사님들 식탁보다 늦게 일어나면 경을 칠 수도 있으니까요."

"어떻게 저쪽보다 늦게 일어나겠나? 음식이라곤 겨우 두 가지뿐인데."

"그만! 그만하게. 그냥 먹고 어서 일어나세. 늦게 일어나면 경을 친다지 않는가."

"네?"

머피는 어이없다는 표정이다. 어찌 이런 대접을 받고 가만히 있느냐는 눈빛이다.

이때 시녀가 머피를 째려보며 한마디 한다.

"흥! 깜박 잊고 말 안 했는데요, 다 먹고 나면 뒤쪽 마구간 청소를 해야 할 거예요. 먹은 밥값은 해야 하니까요."

"뭐, 뭐라고? 지금 뭐라고……?"

머피가 발작하려는 순간 현수가 손짓한다.

"그냥 있게. 어서 먹고 마구간 청소 하라지 않는가."

"네? 지, 지금 뭐라고……?"

"어서 먹고 일어나자고."

"흥! 그래도 이쪽은 분수를 아니 다행이네요. 아무튼 어서 먹고 마구간으로 가세요. 싸질러 놓은 게 많아서 치울 게 많을 거예요. 냄새도 좀 날 거구요."

"뭐, 뭐라고? 세상에, 세상에 어떻게……."

"머피, 그냥 먹고 일어서자고. 이곳 마구간은 어떻게 생겼는지 궁금하네. 우리 말도 거기 있을 테니."

"그래도 어떻게……? 이건 아니잖아요."

"뭐야? 거기 왜 이렇게 시끄러워, 영주님과 귀빈께서 식사하시는데? 베시, 저놈들 식탁 치워. 어차피 마구간으로 갈 놈들이니 아예 거기로 옮겨. 시끄러우니까."

"네?"

"지금 즉시 치워! 분수도 모르고 말만 많은 놈들, 내 눈 앞에서 당장 치우란 말이야. 알았어?"

"아, 알았어요. 지, 지금 치울게요."

베시라 불린 시녀의 시선이 머피에게 향한다.

"이봐요, 얼른 일어나요. 이건 마구간에 갖다 줄 테니 거기로 가서 먹어요."

"뭐라고? 지금 이분이 누군 줄 알고……?"

머피는 말도 안 되는 소리에 부르르 떤다. 마음속 깊이 너무도 존경하는 이실리프 마탑주이다. 그런데 이건 너무나 심한 모욕이다. 하여 대리 분노를 느끼는지 주먹까지 말아 쥔다.

이 순간 베시의 눈에서 경멸의 빛이 흘러나온다.

"홍! 누구긴요? 한낱 C급 용병과 길잡이 D급 용병이잖아요. 어서 가요. 빨리 안 일어나면 기사님들에게 혼날 거예요. 그럼 나도 혼난단 말이에요. 어서요!"

"허어! 이건 대체……. 하하! 이젠 어이가 없네요."

"머피, 그냥 일어나자."

현수는 자신의 지시가 즉각적으로 이행되지 않음에 짐짓 성난 표정을 짓고 있는 기사를 슬쩍 바라보았다.

"이 상황에 화도 안 나십니까? 어떻게 감히 하인스님을 이 자리에 앉힌단 말이죠? 게다가 이건 뭡니까? 딱딱한 빵 한 덩이에 멀건 스튜뿐이잖아요. 그리고……."

분노한 머피가 현수에게 화를 내라는 의미의 말을 이으려는 순간 아까부터 노려보던 기사가 자리에서 일어선다.

"어이, 거기! 지금 영주님께서 귀빈과 식사하시려는 거 안 보이나? 안 되겠어. 너희 둘 다 나와."

"네? 뭐라고요?"

"귓구멍에 안개 꼈어? 나오라면 나와! 어서!"

심심하던 차에 잘되었다는 듯 기사 둘이 더 자리에서 일어선다. 그리곤 흥미롭다는 듯 머피와 현수를 바라본다.

"하인스님……!"

"머피, 나오라니 한번 나가보자."

"네?"

머피가 뭐라 하려는 순간 현수가 먼저 자리에서 일어섰다. 그리곤 조용히 속삭였다.

"재미있잖아. 안 그래?"

"네? 아, 네에. 알겠습니다."

현수가 앞장서고 머피가 따른다. 그전에 머피는 겁도 없이 이실리프 마탑주에게 도발한 기사들을 쏘아보았다.

나가서 어디 한번 당해보라는 뜻이다.

그런데 이를 곡해한 듯 기사들의 시선이 싸늘해진다.

오늘 이곳에 온 영주님의 귀빈은 라세안이라는 A급 용병이다. 몬테규 영지를 11연패에서 구한 장본인이다.

그는 본시 피리안 백작의 손녀인 카트린느를 멀린까지 호위하는 임무를 맡았다. 일행으로 머피와 하인스가 더 있다.

머피는 D급 용병으로 나이젤 산맥을 헤치고 나오는데 꼭 필요한 길잡이이다.

C급 용병 하인스는 허드렛일을 맡았을 것이다. 음식을 만들거나 잠자리를 조성하고 밤새 경계근무를 섰을 것이다.

둘은 귀빈을 환영하는 이 자리에 낄 자격이 없는 존재이다. 그럼에도 입장을 허락했다. 사소한 일행이라도 환영한다는 것을 보여줌으로써 귀빈의 기분을 맞춰주기 위함이다.

그런데 분수도 모르고 음식 타박을 하며 기사들의 심기를 어지럽힌다. 당연한 징계 대상이다. 그렇기에 나가기만 하면 단단히 혼쭐을 내주리라 마음먹었다.

"어이, 둘! 거기 멈춰!"

베시의 뒤를 따라 마구간으로 이동하던 머피와 현수가 발걸음을 멈췄다. 자신들을 부른다는 걸 알기 때문이다.

"우릴 불렀소?"

머피의 음성엔 분노가 배어 있다. 감히 이실리프 마탑주를 마구간으로 보내는 것이 너무도 어이가 없어서이다.

"그래, 분수도 모르는 싸가지 없는 두 놈! 일단 좀 맞자."

"허어, 이건 뭐 개만도 못한 놈들이 감히 누구에게⋯⋯. 마탑주님, 저놈들을⋯⋯."

"머피, 쉿! 조용히."

머피의 뒷말은 기사들의 귀까지 전해지지 못했다.

분노를 씹어 삼키느라 음성을 줄인 때문이다. 그리고 현수가 중간에 끼어든 때문이기도 하다.

"뭐라고? 개만도 못한 뭐라고? 이이⋯⋯!"

스르르릉―! 툭―!

한낱 D급 용병의 망발에 기사는 분노를 이길 수 없는지 검을 뽑아 든다. 그리곤 결코 그냥 두지 않겠다는 듯 검집을 한쪽으로 던진다. 이는 상대의 피를 보고야 말겠다는 의미이다.

"어이, 거기! C급 용병이라 했나? 네가 먼저 검을 뽑아라."

"지금 내게 검을 뽑으라 했나?"

"그래, 이 개 가죽만도 못한 종자야. 분수도 모르고 설친 대가로 한쪽 팔을 내놔야겠다."

"자넨 오른쪽 팔을 베게. 나는 왼팔을 베겠네."

"그럼 나는 목인가? C급과 D급 주제에 건방진⋯⋯."

기사 셋 모두 형형한 안광을 빛낸다. 도발적인 눈빛을 받은 현수가 어이없다는 듯 콧방귀를 뀐다.

"홍!"

"뭐, 홍? 이런 건방진! 검을 뽑으라고 했다!"

기사는 분노를 참을 수 없다는 듯 이를 악물며 말한다.

"내가 검을 뽑으면 피를 볼 텐데?"

"푸하하! 뭐라고? 하하! 하하하! 피를 본다고?"

"크크! 크크크! 피를 본댄다, 피를 봐! 크하하하!"

"하하! 하하하! 건방짐의 끝을 보이는군. 하하하!"

기사 셋 모두 가소롭다는 표정을 짓는다. 이때 현수가 한마디 거들어주었다.

"하나씩 덤비면 시간 걸리니 한꺼번에 덤벼라."

"뭐라? 한꺼번에 덤비라고? 이런 버르장머리 없는……. 자네들은 물러서게. 내가 저놈 버릇을 단단히 고쳐 주겠네."

스르르르릉—!

기골이 장대한 기사는 분노를 감출 수 없다는 듯 검을 뽑는다. 그리곤 성큼성큼 걸어 현수에게 다가선다.

"뽑아라, 검!"

"…그러지."

스르릉—!

현수가 허리춤의 검을 뽑는 순간 기사는 기다렸다는 듯 기합을 터뜨리며 검을 휘두른다.

"야아압!"

쉬이익—! 챙—!

두 검이 격돌하는 순간 불꽃과 더불어 요란한 금속성이 터져 나온다.

"어쭈? 건방진 놈! 야압!"

쒜에엑―! 채챙!

여유있게 상대의 검로를 차단한 현수가 실소를 베어 문다.

"후후, 겨우 이 솜씨로 기사가 된 건가?"

"뭐야? 이놈이? 죽엇!"

쒜에엑―! 퍼억! 우당탕탕―!

"크으윽! 으으윽! 웨엑! 크으으윽!"

목이 베어지려는 순간 현수의 신형이 흩어진다.

그와 동시에 기사의 가슴에, 배에 현수의 발이 꽂힌다. 타
격음에 이어 비명이 있었고, 먹었던 음식을 토하는 소리 다음
엔 또 다른 신음이 터져 나온다.

불과 수초 사이에 일어난 일이다.

"…이런 개 같은……. 죽엇!"

쒜에엑! 챙! 촤악―!

"크으윽!"

두 번째 기사가 휘두른 검은 현수에 의해 중간에 멈췄다.
그 순간 옆으로 누인 검이 기사의 뺨을 때린다.

골이 흔들릴 정도로 아찔한 충격을 받았는지 기사는 비틀
거리더니 힘없이 주저앉는다.

"이건 뭐야? 오라, 한가락 한다 이거지? 좋아, 해볼 만하겠

군. 덤벼, 이 비겁한 자식아!"

"뭐라? 비겁해? 내가? 내가 뭘 비겁하게 했는데?"

"……!"

일순간 대꾸할 말이 생각나지 않는지 기사는 시선만 보낸다.

"죽어라! 이 벌레 같은 놈아!"

쉬이이이익―!

검기 실린 검이 허공을 베며 예리한 파공음을 낸다.

현수의 목을 노리고 있다. 물러서지 못하거나 막지 못하면 수급이 허공으로 치솟을 판이다.

하지만 현수의 눈빛엔 변화가 없다.

그랜드 마스터에 버금갈 실력을 지녔는데 어찌 소드 익스퍼트 중급짜리의 검법에 당황하겠는가!

어쨌든 기사의 검이 목에 닿으려는 순간 조금 전처럼 현수의 신형이 사라진다.

쉬익! 촤악! 촤악! 촤악! 촤악! 촤악! 촤악!

"커억! 큭! 억! 커억! 크윽! 캐액! 컥!"

기사의 검이 허공을 베어가는 순간 현수는 검면으로 그의 뺨을 때리기 시작했다. 맞을 때마다 고개가 돌아갈 정도로 강력한 타격이다.

삽시간에 여섯 대를 맞은 기사의 뺨이 금방 부풀어 오른다.

커다란 눈깔사탕을 양볼 가득히 넣고 있는 듯한 모습이다.

"……!"

"어때? C급치곤 괜찮지?"

"……!"

거의 매일 진검으로 대련하는 기사들이기에 자신들의 실력으론 감당할 수 없는 고수를 만났음을 직감했다.

그렇기에 도발하지 않고 있다. 그러면서 시선을 주고받는다.

캐플렛 영지 기사단의 일원이 C급 용병에게 망신당했다. 외부로 소문이 번지면 고개를 들고 다닐 수 없다.

그렇기에 합공하여 현수를 베자고 의사를 묻는 것이다.

"그러게 한꺼번에 덤비지. 실력도 안 되는 것들이 기사는 무슨……. 갑옷이 아깝다. 솔직히 인정하지?"

"야아압! 죽엇!"

"이야압! 죽여주마."

"에잇!"

쒜에엑! 쌔에엥! 쉬이익!

혼신의 기력을 실어 현수의 목과 심장, 그리고 오른손을 노린 검들이 허공을 찢어발기는 소리를 낸다.

챙! 파직! 채챙! 퍼석! 챙! 파악—!

"컥! 큭! 허억!"

허공에서 검이 격돌할 때마다 기사들의 검이 산산이 부서진다. 물론 현수의 검은 까딱없다. 삽시간에 벌어진 탓에 기사들은 사태 파악을 못했다. 그저 어이없다는 표정일 뿐이다.

놈들은 들고 있던 검의 손잡이를 내던지더니 안쪽으로 뛰어간다. 모두 새 검을 가지러 가는 모양이다.

"너, 여기서 꼼짝 말고 기다려! 도망가면 죽는다!"

"……!"

현수가 검집에 검을 넣는 동안 머피는 고개를 끄덕인다.

당연한 귀결이라 생각한 것이다. 이때 앞장섰던 시녀 베시가 되돌아오며 앙칼지게 소리친다.

"뭐예요? 따라오라고 했잖아요! 어째 이상하다 싶었더니… 여기서 뭐하는 거예요? 어서 따라와욧!"

마구간으로 향하던 베시는 뒤따라오는 기척이 느껴지지 않자 되돌아왔다. 헛걸음을 하게 한 머피와 현수에게 욕이나 한 바가지 해줄 생각이다.

하지만 막상 얼굴을 보니 욕까지는 못하겠다. 상대는 무식한 용병이다. 욕을 했다가 자칫 패악을 부릴 수도 있었다.

그렇기에 싸늘한 표정으로 노려보며 말한 것이다.

"알았다. 앞장서라."

"이번에도 안 따라오면 국물도 없을 줄 알아요. 알았어요?"

"이거야 원! 이놈의 영지는 위나 아래나 사람 보는 눈이 이렇게 없나?"

베시의 뒤를 따라간 곳은 마구간이다. 영주 가솔과 사단의 말뿐만 아니라 손님의 말도 돌볼 수 있도록 만들어져 있다.

"일단 먹어요. 이거 다 먹으면 저기 저쪽 보이죠? 끝에서부터 열 칸을 청소해요."

"……?"

"청소 도구는 저쪽에 있으니 꺼내서 쓰구요. 참, 말똥은 따로 모아놓는 곳이 있어요. 저기 저 문으로 나가면 어딘지 알수 있을 거예요. 저녁 먹고 또 열 칸을 청소해야 하니 이따가 하기 싫으면 열심히 일하세요."

탕! 탕!

베시는 마구들을 담는 지저분한 상자 위에 딱딱한 빵 두 덩어리와 멀건 야채 스튜를 소리 나게 내려놓는다.

그리고는 야멸친 표정을 지으며 되돌아 나간다.

"어휴! 냄새. 치, 저놈들 때문에 냄새나는 여기까지 왔네."

베시가 사라지자 머피가 현수를 응시한다.

"마탑주님, 어째서 가만히 계십니까? 그냥 놔두실 겁니까?"

"흐음, 오십 명쯤 다가오는군."

"뭐라고요?"

동문서답을 하기에 무슨 소리냐는 표정이다.

"발걸음을 들어보니 정순한 녀석은 하나도 없군. 흐음, 하나 더 오는군. 이자는 괜찮은 것 같은데."

"네? 무슨 말씀이십니까?"

"아까 그 녀석들이 동료들을 데리고 오는 모양이야. 머피, 한바탕 해야 할 것 같으니 주변 좀 치우게."

"네? 아, 알았습니다."

이제야 사태 파악을 한 머피는 주변에 널려진 마구며 기타 등등을 한쪽으로 밀어놓는다. 그러는 사이에 일단의 무리가 마구간에 당도했다.

"어이, 거기!"

"나 불렀는가?"

"나? C급 용병 주제에 지금 내게 나라고 말했나?"

골격 굵은 텁석부리 기사가 어이없다는 표정으로 현수를 바라본다. 이 녀석은 온전한 갑옷을 갖춰 입은 상태이다.

"한꺼번에 덤비지. 하나씩 상대하는 건 시간낭비니까."

"뭐라고? 지금 이놈이 누구에게 감히……!"

"혼자 덤비다 맞으면 몹시 아플 거라는 경고를 하지. 어쩌면 뼈가 부러질 수도 있다. 검에는 눈이 없으니 상처를 입을 수도 있고. 아무튼 가진 재간을 다 부려봐."

"이, 이런 개 같은! 죽엇!"

현수의 말이 끝나기 무섭게 검을 뽑음과 동시에 쇄도한다. 그리곤 지체없이 현수의 목을 베려 검을 휘두른다.

덩치가 큰 만큼 힘도 좋은지 녀석은 전체 길이가 180㎝를 넘는 투핸드 소드를 사용한다.

키가 크니 팔 길이도 길다. 게다가 검의 길이도 길다. 뿐만 아니라 넘치는 힘을 온전히 담을 수 있도록 무겁기까지 하다.

갑옷을 입고 있어도 단칼에 우그러지나 베어질 운동에너지를 가질 수 있다.

이런 게 현수의 목을 향해 쏘아져 온다. 고된 수련을 거쳤는지 검의 방향과 각도 모두 정확하다. 뿐만 아니라 섬전과 같은 속도이다. 최고의 파괴력을 지닌 것이다.

현수가 소드 익스퍼트 중급 이하의 실력을 가졌다면 단번에 목이 베이게 될 상황이다. 텁석부리는 허공으로 치솟을 현수의 수급을 상상하고 있다.

반드시 그렇게 된다 생각하고 있기 때문이다.

쐐에에에엑—!

쇄도하는 검을 일견한 현수는 슬쩍 자세를 낮췄다. 그 순간 머리카락 위로 투핸드 소드가 스치며 지난다. 그 상태에서 한 걸음 내디디며 정권으로 놈의 명치를 가격했다.

방어할 틈이 없는 쾌속한 반격이다.

퍼억—!

"캐액—!"

와당탕탕—!

"우왝—!"

턱석부리는 머피가 모아놓은 마구들 위로 나가자빠졌다. 그리곤 조금 전에 무엇을 먹었는지를 적나라하게 토해놓았다.

"……!"

삽시간에 장내가 고요해진다. 턱석부리는 일행 가운데 가장 실력이 뛰어난 기사이다. 조만간 소드 익스퍼트 최상급에 오를 것이라 기대 받았다. 그런데 단번에 무릎을 꿇었다.

"봤지? 혼자 덤비면 이렇게 된다. 그러니 한꺼번에 오도록!"

현수는 오연한 자세로 손가락을 까딱거렸다. 기사들을 도발하려는 것이다. 그 즉시 모두의 표정이 바뀐다. 모두 한낱 용병에게 모욕당했다고 느꼈는지 일제히 검을 뽑는다.

"이노오옴! 죽어랏!"

"죽엇!"

바스타드 소드, 투핸드 소드, 클레이모어, 펄션, 프람베르그가 한꺼번에 쇄도한다. 그런데 현수가 자신들을 보고도 피식 웃더니 이를 악물며 검을 휘두른다.

아무튼 다섯 가지 검이 현수의 신형에 닿을 즈음 안개처럼 사라진다. 다음 순간 다섯 마디 비명성이 터져 나온다.

"캑! 큭! 억! 아악! 캐액!"

와당탕! 와당탕탕! 꽈당! 와장창! 와당탕!

"크윽! 으으윽! 아아악! 허어억! 으아악!"

쓰러진 채 비명을 토하는 기사들의 얼굴이 벌겋다.

검면으로 강력한 따귀를 맞은 때문이다.

그리고 보니 가슴 어림에도 흙이 묻어 있다. 이는 발길질에 명치를 걷어차인 때문이다.

"⋯⋯!"

성난 얼굴로 공격하던 기사들이 일제히 나가자빠지자 뒤쪽에 있던 녀석들이 검을 휘두르며 쇄도한다. 이들은 강력한 따귀와 더불어 엉덩이 걷어차기에 당해 엎어졌다.

다음으로 공격했던 자들은 아랫도리가 허전하게 되었다.

모두의 허리띠를 베어버린 때문이다. 이들은 강력한 뒤통수 가격에 게거품을 문 채 기절했다.

그다음에 공격한 자들은 상의가 걸레가 되었다. 하지만 피를 보진 않았다. 현수가 검에 사정을 둔 덕이다.

이런 상황이 되자 모두 멈춘다. 자신들이 상대할 수 없다는 것을 절실히 깨달은 것이다. 하여 잠시 정적이 흘렀다. 이것을 깬 사람은 뒤늦게 다가온 자이다.

"대체 뭣들 하는 거야?"

"아, 소영주님. 저, 저놈이 우리를⋯⋯."

다가온 자는 나이가 40쯤으로 보인다.

고된 수련을 거쳤다는 것이 한눈에 느껴질 정도로 다부진

체격과 형형한 안광을 빛낸다.

'흐음, 소드 익스퍼트 최상급이군.'

현수는 단번에 수준을 파악했다.

몬테규 영지와 캐플렛 영지는 수십 년간 다툼을 벌여왔다. 영지 기사들이 동원되었고, 많은 돈을 들여 용병을 고용했다.

그러는 동안 영주와 그의 후계자는 단 한 번도 대결장에 나타나지 않았다. 패자는 10년간 봉검해야 한다.

만일 영주, 또는 그의 후계자가 나섰다가 패하면 그 영지는 몰락의 길을 걸어야 한다.

대륙의 거의 모든 나라가 그러하듯 영지의 최강 전력은 영주, 또는 그의 후계자이다. 그런 사람들이 검을 잡을 수 없게 되면 이웃 영지의 침공이 우려된다.

그걸 막기 위해선 더 많은 기사와 병사를 보유해야 한다. 그런데 기사와 병사는 생산 없이 소비만 하는 존재들이다.

이들에게 들어가는 막대한 비용은 영지 경제를 좀먹는다. 이를 유지하기 위해 세율을 올리면 야반도주가 늘어나며 산적의 수효 또한 증가한다.

아무튼 몬테규 가와 캐플렛 가의 가주와 후계자는 대결에 임한 바 없다. 현수를 예리한 시선으로 노려보는 자는 캐플렛 가의 후계자이다. 이토록 매운 시선을 보내는 이유는 가문의 기사단에게 치욕을 안겨주었다고 생각한 때문이다.

"네놈은 누구냐?"

"C급 용병 하인스라 하오."

"하오? 하오라고? 네놈은 내가 누군지 모르나?"

"처음 보는데 어찌 알겠소? 그쪽은 누구시오?"

"이노옴! 네놈이 감히! 어떤 방법으로 이들을 이렇게 한 거냐? 비겁한 암수를 썼나?"

"암수라니요? 정정당당한 승부였소. 참, 그러고 보니 암수는 그쪽에서 썼소. 저 많은 인원이 나 혼자에게 덤벼들었으니."

"…사실이냐?"

소영주의 시선을 받은 기사들이 쪽팔린다는 듯 슬그머니 시선을 돌린다. 자랑스럽게 여기던 기사들의 모습이 아니다.

"흠, 믿을 수 없다. 뭔가 암수를 쓴 것이 분명하다. 그렇지 않고야 어찌 혼자서 영지의 기사들을 이 모양으로 만들겠는가! 검을 뽑아라. 내 친히 네놈의 실력을 가늠해 보아야겠다."

"뭐, 그러슈!"

스르르룽—!

집어넣었던 검을 다시 뽑자 소영주 역시 검을 뽑는다.

"먼저 덤벼라! 참고로 나는 소드 익스퍼트 최상급이다. 최선을 다하지 않으면 수급이 베어질 것이다."

"거 말 한번 살벌하군. 내가 무슨 중죄를 지은 것도 아닌데 다짜고짜 목을 벤다는 말이오?"

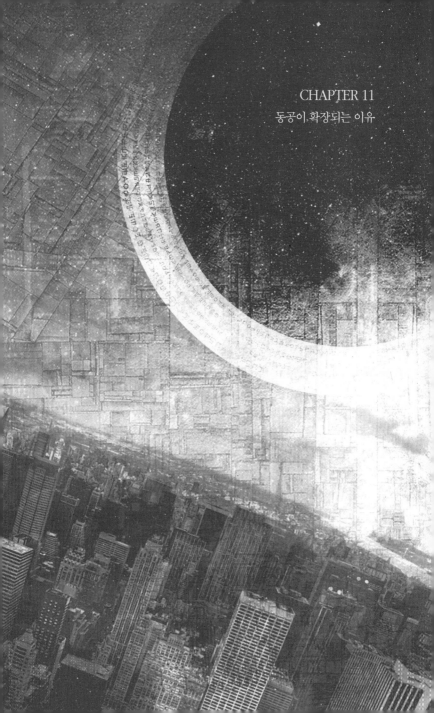

CHAPTER 11
동공이 확장되는 이유

전능의팔찌

THE OMNIPOTENT
BRACELET

"정당한 방법이 아닌 꼼수나 암수로 가문의 기사들에게 치욕을 안겨준 것이 바로 중죄다. 덤벼라!"

소영주의 단호한 시선을 받은 현수가 피식 웃는다.

"좋소! 나도 참고로 말하는데, 이몸은 소드 마스터 최상급이오. 어쭙잖은 검기로 어쩌려거든 일찌감치 물러서시오."

"무어라? 이놈이 감히……!"

상대로부터 모욕적인 말을 들었다는 듯 부르르 떨던 소영주가 검을 고쳐 잡는다. 그리곤 싸늘한 안광으로 째려본다.

"소드 마스터라 했나? 흠, 상대할 만하겠군. 덤벼!"

"하수가 고수에게 덤비는 것이오. 그쪽은 소드 익스퍼트, 나는 소드 마스터! 누가 덤벼야 하는지 모르시오?"

"이, 이놈이 그래도? 좋아, 언제까지 헛소리를 하는지 두고 보자! 야아압!"

소영주가 검을 휘두르며 달려드는 그 순간 현수의 검끝에서 시퍼런 검강이 쭈욱 솟아난다.

지이이이잉—!

"허억! 소, 소드 마스터!"

"히익! 진짜 소드 마스터다!"

누군가의 입에서 튀어나온 당혹성이다.

이 순간 소영주의 검은 허공을 베고 있었다.

현수가 만들어낸 검강을 보는 순간 뭔가 잘못되었다는 생각은 했지만 회수할 수 없었던 때문이다.

쐐에에에엑! 파직! 콰당—!

"으으윽!"

소영주의 검은 시퍼런 검강과 만나는 순간 아주 간단하게 베어진다. 갑작스레 무게를 잃게 되자 소영주의 몸이 균형을 잃었다. 하여 바닥으로 엎어지고 말았다.

다음 순간 느껴지는 둔중한 통증에 나직한 신음을 토하는 소영주의 목에 현수의 검이 닿는다.

"…사, 살려주십시오."

"소영주님을 살려주십시오."

"소드 마스터시여, 제발!"

"……!"

나직한 신음을 토하던 소영주는 기사들의 음성을 들었다. 그 순간 눈을 뜨니 시퍼런 무언가가 보인다.

잠시 전 이것과 검이 격돌했다. 그 순간 애검이 부서졌지만 그것이 검강이라는 생각은 못했다.

평생 단 한 번도 본 적이 없기 때문이다.

"내가 암수로 기사들을 상대했다는 말을 취소하라."

"…으으, 취, 취소하오."

"사내답게 인정하니 좋군. 좋아, 그럼 일어나라."

"……?"

지금까지와 달리 하대를 하자 신음하던 기사들까지 모두 시선을 보낸다. 아무리 소드 마스터라 하더라도 평민이 차기 백작이 될 소영주에게 반말하는 것은 예가 아니기 때문이다.

"무엄하오! 그분은 장차 작위를 물려받을 소영주이시오!"

누군가의 말이다. 하지만 현수는 깨끗이 무시했다.

"소영주는 지금 즉시 캐플렛 백작을 이곳으로 데려오라."

"지금 무어라 했소? 아무리 소드 마스터라 하지만 어찌……"

소영주도 굵은 눈썹을 찌푸린다. 평민에게 능멸당하는 느낌을 받은 때문이다.

"백작을 불러오라 하였다. 지금 즉시!"

"이것 보시오. 어찌……."

소영주의 말은 이어지지 못했다. 지금껏 곁에 있던 머피가
입을 연 때문이다.

"그분은 이실리프 마탑의 탑주님이십니다."

"……!"

모두의 시선이 쏠린다.

"백작을 불러오라 하였다. 아울러 라세안도 오라고 하도록!"

현수의 명령에 소영주는 머피를 바라본다.

"저, 정말인가? 이, 이분이 정말 마탑주님이신가?"

"그렇습니다. 이실리프 마탑의 탑주님이 분명합니다."

털썩―!

"허억! 이, 이놈이 눈이 어두워 위대하신 마탑주님을 알아
보지 못했습니다. 부디 용서하여 주시길……!"

소영주가 무릎을 꿇고 고개를 조아리는 순간 머피의 말이
이어졌다.

"참고로 마탑주님은 10서클 대마법사이시며 동시에 그랜
드 마스터이십니다. 8서클 마법사이며 소드 마스터인 라세안
님은 탑주님의 수석호위이구요."

"허억!"

소영주의 동공은 더 이상 커질 수 없을 정도로 확장되었다.

이토록 동공이 확장되는 이유는 성적 흥분, 공포, 당혹감 등이 있다. 현 상황은 성적 흥분과는 관계가 없으니 공포, 내지는 당혹감 때문일 것이다.

"저, 정말인가?"

소영주의 음성은 몹시 떨리고 있었다. 방금 전 신(神)과 다름없는 존재에게 까불었다는 것을 깨달은 때문이다.

"물론입니다. 그런데 방금 전 탑주님께서 백작님을 데려오라는 명령을 내리셨는데 여기서 이러고 계셔도 됩니까?"

"…헉! 마, 맞다. 가, 가네. 지금 가네."

소영주는 뒤도 돌아보지 않고 황급히 내성 쪽으로 달려갔다.

후다다다다!

"……!"

머피가 입을 다물자 장내는 바늘 떨어지는 소리까지 들릴 정도가 된다. 그러는 가운데 기사 모두 무릎을 꿇었다.

감히 분수도 모르고 하늘같은 마탑주에게 덤벼들었다.

그랜드 마스터는 대륙 최고의 검사이다. 자신들로서는 감히 상상도 할 수 없는 지고한 수준에 오른 인물이다.

게다가 이실리프 마탑주라면 공왕과 대등한 권력자이다.

자신들이 주군으로 모시고 있는 캐플렛 백작 따위는 하루

아침에 평민 내지는 농노로 만들 권력이 있다.

그런데 상소리까지 해가며 덤볐다. 그것도 떼로.

지은 죄를 알기에 모두 고개를 숙이고 있다. 현수는 이 대목에서 한마디 해야 함을 느꼈다.

"기사가 검을 드는 것은 몬스터를 잡거나 정의를 수호할 때뿐이다. 그런데 너희는 방금 전 전혀 정의롭지 못했다. 이것에 대한 처벌로 너희 모두의 목을 칠 수도 있다."

"……!"

이 대목에서 모두 움찔거린다.

머피의 말대로 그랜드 마스터라면 언제 목이 베이는지 모르는 채 죽을 수 있다. 그렇기에 눈을 질끈 감는다.

너무도 큰 죄를 지어 목이 베일 것이라 생각한 것이다.

"평민을 무시하는 너희의 태도 또한 바르지 않다. 하여 나는 오늘 너희의 잘못된 생각을 고쳐 보기로 마음먹었다. 모두 오리걸음 준비!"

"…주, 준비!"

말 떨어지기 무섭게 모든 기사들이 자세를 갖춘다.

"이곳으로부터 영주성까지 총 10회 왕복한다. 몇 회?"

"10회입니다."

"하나라도 낙오하면 내일 이 자리에서 또 오리걸음을 하게 될 것이다. 뭐라고?"

"하나라도 낙오하면 내일 또 오리걸음을 합니다."

"좋아, 지금부터 실시한다. 오리걸음을 하는 동안 구령이 있다. 왼발을 디딜 때마다 '다시는 평민들을 우습게 보지 않겠습니다' 라고 한다. 알았나?"

"네, 알겠습니다."

"좋아, 실시!"

"실시!"

"다시는 평민들을 우습게 보지 않겠습니다. 다시는 평민들을 우습게 보지 않겠습니다. 다시는 평민들을……."

오만한 기사들이 깍지 낀 손을 머리 위에 얹은 채 오리걸음을 하며 내성 쪽으로 움직이기 시작했다.

평생 다시 볼 수 없는 진풍경이라는 것을 알기에 많은 사람이 나와서 구경한다.

"다시는 평민들을 우습게 보지 않겠습니다. 다시는 평민들을 우습게 보지 않겠습니다. 다시는 평민들을……."

기사들은 하늘같은 마탑주가 뒤따르고 있다는 것을 알기에 요령을 피우거나 슬쩍 빠져나가지 못하고 있다.

곁에서 지켜보고 있는 평민들에게 꺼지라는 눈빛조차 보내지 못하고 있다.

"소리가 작다. 더 크게 외쳐라. 적어도 캐플렛 영지의 모든 평민이 들을 수 있도록 크게 외쳐라!"

"…다시는 평민들을 우습게 보지 않겠습니다. 다시는 평민들을 우습게 보지 않겠습니다. 다시는 평민들을……."

기사들이 처벌받는 이 순간 영주성에선 한바탕 난리가 벌어지고 있다.

"뭐, 뭐라고? 마, 마, 마탑주님께서 오셨다고?"

"네, 이실리프 마탑주님께서 아버지를 오라고 하셨어요."

"뭐? 이, 이보시게, 라세안 경!"

캐플렛 백작이 건너편에 앉은 라세안에게 시선을 준다.

"네, 말씀하십시오."

"저, 저 아이의 말이 사, 사실인가? 저, 정말 이, 이실리프 마, 마, 마탑주님이신 건가?"

"맞습니다. 그분은 10서클 마법사이자 그랜드 마스터지요."

"허억! 10서클에 그, 그, 그랜드 마스터?"

라세안은 대답 대신 고개를 끄덕여 주었다.

털썩—!

캐플렛 가의 가주 그레고리 가렌 폰 캐플렛 백작은 망연자실한 표정으로 주저앉고 만다.

이곳은 영지를 방문한 사람들에게 식사를 대접할 경우 대가를 치르게 한다. 직접적인 용무가 있는 책임자는 제외한다.

수행원 가운데 C급 용병 이하는 빵과 스튜를 제공한다. 대신 마구간 청소를 하도록 한다. 지금껏 예외는 없었다.

따라서 오늘도 그러했을 것이다. 하늘처럼 떠받들어도 시원치 않을 위대한 인물에게 그랬다면 큰일이다.

백작은 아직 그런 일이 일어나지 않았기를 바라며 묻는다.

"마, 마, 마탑주님은 지, 지금 어, 어디에 계시느냐?"

"그야 마구간에……."

"허어! 이런! 벌써? 안 되는데……."

백작의 안색이 창백해진다. 어쩌면 마탑주 모독죄로 작위를 박탈당할 수도 있다. 설사 공왕이라 할지라도 이를 번복할 수 없다. 그건 마탑주의 권위를 훼손하는 일이 되기 때문이다.

작위를 박탈당한 자는 죄질에 따라 평민, 또는 노예로 신분이 격하된다. 이 중 공왕과 마탑주 모독죄는 무조건 노예이다.

모든 재산은 몰수되며, 다시는 공국의 귀족으로 되돌아갈 수 없다. 완전한 파탄인 것이다.

"아버지, 어서 가세요. 마탑주님이 빨리 오라고 하셨습니다."

"그, 그래, 가, 가야지. 그런데 허얼……!"

눈앞이 깜깜해진 백작은 제대로 걷지도 못한다. 정신적인 충격이 너무도 큰 때문이다.

잠시 후 정신을 차린 백작은 헐레벌떡 마구간 쪽으로 뛰기 시작했다. 그런데 먼 곳으로부터 들려오는 소리가 있다.

"…다시는 평민들을 우습게 보지 않겠습니다. 다시는 평민들을 우습게 보지 않겠습니다. 다시는 평민들을……."

"……!"

기사들의 구령 소리는 결코 작지 않다. 마탑주가 뒤따르고 있기 때문이다. 영지에서 이런 소리를 지르고 다닐 사람은 몇 안 된다. 더구나 오십여 명이 한꺼번에 외치니 소란스럽다.

평상시에 이러면 영지 치안을 담당하는 기사단이 출동했을 것이다. 아무튼 멀리서 오리걸음으로 다가오고 있는 이들은 기사단이 분명하다.

백작의 안색은 더욱 창백해진다.

자신이 지은 죄만 해도 용서받기 힘든데 기사단까지 패악을 부렸다면 돌이킬 수 없을 대역죄에 해당되기 때문이다.

"크으으!"

백작이 침음을 내는 순간 기사들의 뒤를 따르던 현수의 어깨를 두드리는 손이 있다.

"이봐요, 얼른 오라니까 여기서 뭐하는 거예요?"

"응? 뭐라고?"

현수의 반응에 베시가 쌍심지를 치며 소리친다.

"마구간에 음식 다 갖다 놨잖아요. 얼른 먹고 청소해요. 그쪽이 얼른 먹어야 나도 그릇 가져가서 설거지해야 하니까 빨리 와욧."

　말을 하며 팔을 잡아당기자 곁에. 있던 머피가 뭐라 하려는
순간 현수가 먼저 입을 열었다.

　"베시라고 했지? 그거 조금 있다 먹으면 안 될까? 내가 지
금 만나볼 사람이 있어서 그래."

　"안 돼요. 먹기부터 해요. 나도 할 일 많은 사람이에요.
그쪽에서 안 먹고 있으면 나는 어떻게 하라는 거예요? 어서
가요."

　"안 되는데. 지금 만나려는 사람이 꽤 중요해서."

　"흥! 중요하긴요. 기껏해야 마부나 길잡이 뭐 그런 거잖아
요. 아무튼 난 못 기다리니까 어여 따라와욧!"

　베시가 성난 표정을 짓는다. 주방에 늦게 가면 주방을 총괄
하는 시녀장에게 야단을 맞기 때문이다.

　허접한 C급 용병 때문에 욕먹고 싶지 않다. 그렇기에 현수
를 잡은 손에 힘을 주어 끌어당긴다.

　"허어! 안 되는데……."

　"흥! 안 되긴요. 어서 와욧! 그리고 빨랑 먹어요."

　"나 높은 사람 만나야 한다니까."

　"말도 안 되는 소리 하지 말고 어서 안 와요?"

　"쩝, 할 수 없지. 머피, 가서 먹으세."

　"네? 아, 네에."

머피는 말도 안 되는 이 상황이 대체 어떤 끝을 맺으려는지 궁금하다는 표정이다. 물론 그 끝은 기대된다.

"아! 빨랑 오란 말이에요. 나 할 일 엄청 많단 말이에요!"

"알았어. 간다고, 가!"

현수가 베시의 뒤를 따르자 머피는 여전히 구호를 외치며 오리걸음을 하는 기사들을 바라본다.

그런데 저쪽에서 누군가 헐레벌떡 달려온다. 머리가 허연 것을 보면 젊은이는 아니다. 하여 자세히 바라보니 캐플렛 가의 가주가 정신없이 달려오는 중이다.

머피는 잠시 후 어떤 일이 벌어질지 충분히 짐작되었기에 피식 웃고는 현수의 뒤를 바짝 따랐다.

"하인스님, 그럼 우리 마구간에서 빵과 스튜를 먹게 되는 건가요?"

"아마도. 식어서 맛이 없을 것 같지?"

"하하, 네에. 아무튼 어서 가죠. 마구간에서 먹은 빵과 스튜는 평생 기억에 남겠지요?"

"그럼. 그렇겠지."

"뭐예요? 왜 그렇게 느려요? 사내가 그렇게 느려서 어따 쓰나 몰라. 쳇! 암튼 빨리 와요."

베시가 종종걸음으로 가기에 둘은 마주 보며 피식 웃는다.

그리곤 마구간으로 들어섰다. 말똥 특유의 냄새가 진하게

난다. 그리고 보니 둘의 식사는 건초 뭉치 위로 옮겨져 있다. 조금 전 대결 때문인 듯하다.

"여기 있으니까 얼른 먹어요. 기다렸다 그릇 가져가야 하니까 후딱 먹어야 해요. 아, 어서요."

허리에 손을 얹은 베시는 빨리 먹으라는 표정으로 둘을 바라본다. 현수와 머피는 빵을 먼저 들었다.

그리고 한 입 베어 물려는 순간이다.

"헉헉! 마, 마탑주님!"

털썩—!

황급히 달려오느라 숨이 턱에 찬 캐플렛 백작이 털썩 무릎을 끓는다. 이때 또 하나의 인영이 그 옆에 무릎을 끓는다.

"헉헉! 최, 죄송합니다!"

차기 가주가 될 소영주이다. 베시는 하늘같은 백작님과 소영주님이 무릎까지 끓는 장면을 보고 눈을 크게 뜬다.

"하, 하인스님께서 마탑주님이라는 걸 정말 몰랐습니다. 저, 정말 죄송합니다. 한 번만… 한 번만 용서해 주십시오."

"영주님, 소영주님, 마탑주님이라니요? 가만, 마탑주님이시라면… 이실리프 마탑의? 에, 에그머니나!"

털썩—!

사납게 굴던 베시가 털썩 주저앉는다. 안색이 창백하다. 이제 남은 건 죽음뿐이라는 생각 때문이다.

"영주의 무릎이 그렇게 쉽게 접히면 안 되지요. 그건 아드리안 공국의 위상을 훼손하는 일입니다. 어서 일어서십시오."

"마, 마탑주님! 저, 정말 몰랐습니다! 죄송합니다!"

"그건 알았으니 일단 일어서십시오. 어서요."

"네, 마탑주님!"

자리에서 일어났지만 캐플렛 백작은 감히 시선조차 맞추지 못하고 있다. 그럴 만하기 때문이다.

눈앞에 서 있는 현수는 25세로 보인다. 그런데 인류 역사상 그 나이에 10서클 마법사가 된 사람은 아무도 없다.

마법의 조종이라는 드래곤조차 그러지 못할 것이다. 그렇다면 적어도 최하 백 수십 살은 넘었다.

그럼에도 젊어 보이는 것은 바디체인지를 했기 때문일 것이다. 그렇기에 더 없이 공손한 모습이다.

너무나 고요했기에 현수의 입이 열린다.

"백작, 기사들에 대한 인성교육을 조금 더 해야겠습니다. 보호해야 할 사람들을 너무 하찮게 여기니 말입니다."

"…알겠습니다. 즉각 시행토록 하겠습니다."

"겉만 보고 사람을 판단하면 안 된다는 걸 깨우치셨습니까?"

"무, 물론입니다. 정말 죄송합니다. 부디 용서를……."

백작의 말은 중간에 끊겼다. 현수가 단호한 표정으로 입을 연 때문이다.

"몬테규 가와의 분쟁은 이제 없는 겁니다."

"네? 그게 무슨……?"

"쓸데없는 자존심 대결은 두 가문에도 좋지 않습니다. 그렇지요? 안 그렇게 생각하십니까?"

"네, 네! 물론 그렇지요. 그렇고말굽쇼."

캐플렛 백작은 품위를 잃고 평민처럼 굽실거린다.

"오늘 이후로 몬테규 가와 캐플렛 가의 불화가 내 귀에 들리면 두 가문은 작위를 내놓아야 할 겁니다."

"…네, 네, 알겠습니다."

"앞으론 두 가문의 혼인도 허락하지 않습니다. 알겠습니까?"

"네? 그건 왜……?"

정신없는 상황이지만 납득하기 어려운 요구이기에 저도 모르게 반문한다.

"가까운 인척끼리의 혼사가 계속되면 후손의 형질이 점점 나빠집니다. 따라서 앞으로 10대가 지나기 전까지 두 가문의 혼인은 있어선 안 될 겁니다. 이건 두 가문을 위한 일이기도 하지만 공국을 위한 것이기도 합니다. 알겠습니까?"

"네? 아, 네에, 명심하겠습니다."

"소영주에 대한 인성교육도 새로 하십시오. 장차 백작위를 물려받을 사람치고는 조금 성급하고 부족하더군요."

"아, 알겠습니다. 그렇게 하지요. 네, 반드시 다시 교육을 시켜 반듯하게 만들겠습니다."

"······!"

현수의 말에 소영주는 가늘게 떤다. 앞으로 닥쳐올 지옥을 예감한 때문이다.

"보아하니 소영주는 지나치게 여색을 밝히는 것 같습니다."

"네? 그걸 어찌 아시는지요? 오늘 도착하셨는데······."

"눈 밑의 짙은 다크서클, 푸석해 보이는 피부가 그걸 증명합니다. 놔주면 조로(朝老)하고, 몸은 쇠퇴하며, 머리는 쾌락에 빠져 혼탁하고 우매하게 됩니다."

"······?"

"소영주가 소드 마스터가 되지 못하는 것은 그 때문이기도 합니다. 그리고 이 영지의 미래는 소영주가 책임집니다. 영주가 반듯해야 영지민들이 행복해집니다. 영지민들이 즐거워야 공국이 발전하고요."

"알겠습니다. 철저히 살펴보겠습니다."

캐플렛 가는 대대로 손이 귀했다. 하여 아들이 어릴 때부터 많은 여자를 섭렵하는 것을 알면서도 방치했다.

본인도 그러했기 때문이다. 그런데 현수의 말을 듣고 보니 놔둬선 안 될 일인 듯싶다.

"편지를 쓸 것입니다. 몬테규 가에 전하시게."

"알겠습니다."

"라세안, 이제 떠나야지."

"네, 마탑주님!"

"…그, 그냥 떠나시게요? 아, 안 됩니다. 저희가 잘못한 걸
만회할 시간을 주십시오. 네?"

"그, 그러십시오, 마탑주님. 시, 식사라도 한 끼… 한 끼라
도 제대로 대접할 기회를 주십시오, 마탑주님!"

영주와 소영주가 하는 말에 베시는 사시나무 떨 듯 바르르
떤다. 평생 지을 죄를 한꺼번에 지었다는 걸 알기 때문이다.

그런 그녀를 일견한 현수가 피식 웃는다.

"당연히 배는 채우고 가야지요. 굶고 갈 수는 없으니까.
단, 요리는 내가 하겠습니다."

"네?"

"마탑주님이요?"

백작과 아들의 반문은 무시되었다.

"베시, 빵과 스튜를 주었으니 나도 음식을 주지. 따라와."

"마, 마, 마탑주님, 쇠, 쇠, 쇤네가 잘못했습니다. 요, 요, 용
서해 주십시오. 흐흐흑! 모, 목숨만 살려주세요."

베시는 덜덜 떨며 눈물을 흘린다.

그러거나 말거나 현수는 먼저 내성 쪽으로 향했다.

"크흐흐! 좋은 생각이네. 근데 오늘의 메뉴는 뭔가? 아까 이놈들이 준 음식 너무 형편없었네. 오늘은 과식해도 되지? 뭘 해줄 건가? 탕수육도 좋고 불고기도 좋네. 갈비찜도 괜찮고, 안동찜닭이라는 것도 좋네. 참! 시뻘건 그거, 그래, 떡볶이라고 했던 그것도 해주면 안 될까?'

'내가 그동안 많이 해주긴 했군.'

현수가 피식 웃는 새에도 라세안은 계속해서 음식 이야길 한다.

"고구마라는 걸로 만든 맛탕도 좋네. 미역국도 좋고 고등어구이도 좋네. 동그랑땡, 계란말이, 파전, 빈대떡. 참, 삼겹살, 그리고 소주나 막걸리도 좀 꺼내놓게."

"에구, 아는 게 많으니 먹고 싶은 것도 많군. 오늘 메뉴는 불고기와 파전이야. 술은 소주고."

"우와, 생각만으로도 침 넘어가네. 어서 가세."

잠시 후 일행은 내성 주방에 당도했다. 주방에 먼저 발을 들여놓은 건 현수이다. 여전히 C급 용병 차림이다.

"넌 누구냐? 여기가 어딘 줄 알고 들어와? 여긴 내성 주방이다. 썩 나가지 못해!"

식칼을 들고 뭔가를 썰고 있던 주방장의 고함이다. 이 소리에 주방 보조와 시녀들의 시선이 쏠린다.

"감시 용병 따위가! 당장 나가라고 했다! 어서 썩 나가!"

"주방 좀 쓰게 해주시게."

"뭐라고? 여기기 아무나 함부로 들어올 수 있는 곳인 줄 아나? 어서 나가! 영주님과 귀빈이 드실 음식을 만들어야 하니까 어, 어서 썩… 아니, 여, 영주님, 어떻게 영주님이 이곳까지……."

"론슨, 이분께서 주방을 쓰시도록 비켜 드리게. 아니, 곁에서 보조하게. 알겠나?"

"네? 아, 알겠습니다."

주방장 론슨의 허리가 직각으로 꺾인다. 그러는 사이에 현수가 주방장 자리에 들어선다.

"흐음, 조금 어둡군. 메가 라이트!"

번쩍—!

현수의 말이 끝나기가 무섭게 주방이 환해진다. 수십 개의 광구가 허공에서 빛을 발하기 시작한 때문이다.

"……!"

라세안과 머피를 제외한 모두가 화들짝 놀랄 때 현수의 입술이 달싹인다.

"아공간 오픈!"

말 떨어지기 무섭게 시커먼 구멍 하나가 열린다.

"백작, 내성에 있는 인원이 얼마나 되지요?"

"네?"

"노예들까지 포함한 인원이 얼마나 되느냐고 물었소."

"아! 자, 잠깐만요. 헨더슨, 인원 파악! 빨리! 어서!"

"네, 영주님!"

말 떨어지기 무섭게 시종들이 흩어진다. 그사이에 조리기구들을 꺼내 정렬한다.

보조하기 위해 곁에 있던 론슨의 눈이 화등잔만 해진다. 스테인리스 재질이라 그가 보기엔 휘황찬란했던 것이다.

잠시 후, 백작의 입이 열린다.

"모, 모두 합쳐서 213명입니다."

"그래요? 알았습니다."

아공간에 담겨 있던 신선한 식재료들이 쏟아져 나오자 론슨의 눈이 또 한 번 커진다. 산지에서 곧바로 가져온 것보다도 더 싱싱하고 신선해 보인 때문이다.

그러거나 말거나 현란한 솜씨로 불고기와 파전을 만들어내기 시작했다. 라세안은 만들어지는 족족 보온 마법을 건다.

그렇게 만들어진 음식은 시녀들의 손에 의해 식당으로 옮겨졌다. 영문도 모르고 대기하고 있던 영지 귀족들과 기사 등은 생전 먹어보지 못한 진수성찬에 눈이 커진다.

잠시 후, 여기저기서 감탄사가 터져 나온다. 물론 너무도 기막힌 맛 때문이다.

음식은 시종과 시녀들에게도 배분되었다. 이들 모두 이실리프 마탑주의 위대함에 찬사를 늘어놓았다.

한편, 곁에서 요리하는 것을 지켜보던 론슨은 밤새 같은 맛을 재현하기 위한 노력을 한다. 하지만 될 리가 있겠는가!

아르셴 대륙엔 참기름과 간장이 없다. 그렇기에 끙끙대며 이것저것을 넣어보며 같은 맛을 내려 했지만 결국 실패한다.

주방 시녀들은 론슨의 짜증 때문에 심한 스트레스를 받는다. 결국 불고기는 포기하고 파전에 도전한다.

이것 역시 간장의 부재로 같은 맛을 못 낸다. 론슨은 스스로 제 머리를 쥐어뜯으며 좌절한다. 이를 지켜보던 시종장 헨더슨이 한마디 한다.

"이보게, 론슨! 자네가 그걸 똑같이 만들면 마탑주님은 뭐가 되나?"

"뭐라고? 그게 무슨 소리인가?"

"마탑주님이 나이는 어려 보여도 그게 실제 나이라곤 생각지 않지?"

"그래, 아까 소영주님께서 말씀하시는 걸 얼핏 들었는데 최소 150살은 되셨을 거라고 하더군."

"그래! 그런 분이 모처럼 만드신 걸 자네가 어찌 재현해 내나? 조금 심한 욕심 같네."

"그, 그게 그렇게 되는 건가? 내 욕심이야?"

"그래, 그러니 지금은 그냥 마탑주님만의 요리로 기억하는 게 나을 것 같네."

어린 시절 함께 자란 동무의 좌절을 보다 못해 한 말이다.

"휴우~! 그래. 하지만 노력해서 언젠가는 꼭 같은 맛을 내고야 말겠네."

"그래, 그래야지. 그래야 오늘 먹었던 기막힌 음식을 또 먹어보지. 그나저나 오늘은 내성 노예들까지 다 같은 음식이 나간 건가?"

"그러네, 앞으론 먹는 거 가지고 차별하지 말라고 하셨네. 영주님께서도 그러라 하셨으니 내일부턴 다들 호강할 것이네."

"그거 듣던 중 반가운 소리이네. 과연 마탑주님은 뭐가 달라도 다르신 분이네. 안 그런가?"

"아암! 마법과 검술뿐만 아니라 요리도 신의 경지에 이르신 위대한 분이시지."

론슨과 헨더슨의 뇌리에 현수의 영상이 뚜렷이 각인되는 상황이다. 같은 시각, 현수는 나직이 혀를 차고 있다.

"쩝, 할 수 없이 여기서 하루를 묵게 되는군."

"가다가 밤이슬 맞는 것보다는 낫지 않겠나? 하암, 난 너무 많이 먹어서 식곤증이 오나 봐. 조금 졸리네. 가서 자야겠어."

"그래? 그럼 나는 어딜 좀 다녀올게."

"아! 케이트에게 가려고? 그래, 다녀와. 근데 그렇게 좋아? 틈만 나면 가려고 하는 걸 보면 단단히 반한 모양이네? 그러면 내년 이맘때 조카 보는 건가?"

"뭐, 조카? 이 친구가 지금 나를 어떻게 보고……."

"어떻게 보긴, 띄엄띄엄 보지. 아무튼 잘 다녀오게. 뼈와 살이 타는 밤을 보내되 너무 무리는 하지 말고. 하하! 하하하!"

라세안이 너스레를 떨며 제 방으로 향했다. 문이 닫히자 현수는 전능의 팔찌에 마나를 불어넣었다. 차원이동을 하기 위한 마나가 충진되어 있는지를 확인하려는 것이다.

"거참, 이상하단 말이야. 전에는 안 그랬는데……."

현수가 고개를 갸웃거릴 때 누군가 노크한다.

똑, 똑, 똑!

"들어와요."

삐이꺽―!

문이 열리자 다소 겁먹은 듯한 베시가 서 있다.

"베시? 무슨 용무 있어?"

털썩―!

현수의 말이 떨어지기 무섭게 베시가 무릎을 꿇는다.

"마, 마탑주님, 아깐 정말 죄송했습니다. 마탑주님이신 줄도 모르고… 정말 죄송합니다. 한 번만, 한 번만 용서해 주십시오."

"……!"

"마탑주님, 한 번만요. 한 번만 용서해 주십시오. 네?"

계속 고개를 조아리며 용서를 빌었지만 현수는 시선을 주지 않았다. 저 멀리 멋진 저녁놀이 보인 때문이다.

그러다 생각났다는 듯 시선을 돌린다. 그때까지도 베시는 고개를 조아린 채 엎드려 있다.

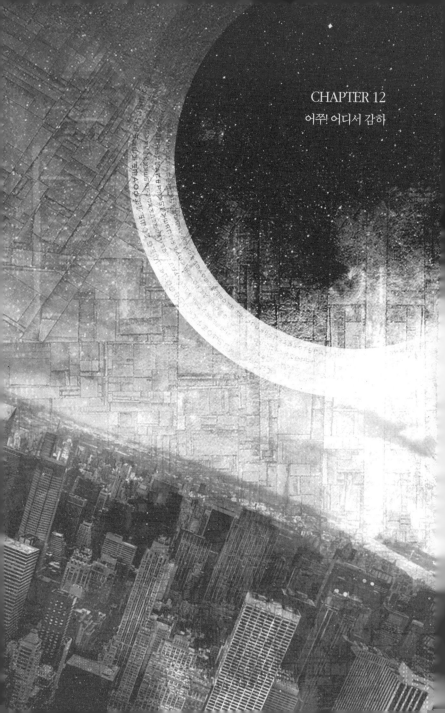

CHAPTER 12
어쭈! 어디서 감히

"베시."

"네?"

"아직 결혼 안 했지?"

느닷없는 화제이기에 베시는 화들짝 놀라는 표정을 짓는다.

"네, 아, 아직……."

"마음에 둔 사람은 있나?"

"아, 아뇨. 아직… 그런 사람 없습니다."

"그렇지? 그럼, 머피 어때?"

"머, 머피요? 길잡이 머피 말씀하시는 건가요?"

"내가 보기에 괜찮던데. 어때? 결혼할 마음 있어?"

"가, 갑자기 말씀하셔서…… 갈게요. 머피한테 시집갈
게요."

머피에게 시집가면 용서받는다 생각한 모양이다.

"마음에 없으면 안 해도 돼. 머피는 이제부터 내가 키우려
는 인물이니까. 생각해 보라는 거지."

"네? 마탑주님이 키워요?"

"기사단장은 될 수 없을 거야. 라세안이 워낙 쟁쟁해서. 하
지만 기사단의 일원은 될 수 있겠지. 안 그래?"

"네, 네, 그럼요."

"그럼 가봐. 머피에게. 그 녀석 변태일지도 몰라. 베시가
쌀쌀맞게 군 게 마음에 든다니까."

"……?"

"늦게 가면 다른 시녀가 차지할지도 몰라."

"네, 아, 알았습니다. 감사합니다, 마탑주님!"

베시가 후다닥 나가자 피식 웃었다. 머피가 했던 말이 떠오
른 때문이다. 방금 전 말했듯 쌀쌀맞게 굴 때 예뻐 보였다고
한다. 하여 다리를 놔줄까 했더니 반색했다. 어쩌면 방금 전
변태를 소개해 준 것인지도 모르기에 웃은 것이다.

"흐음, 여기 꽤 오래 머물렀으니 일단은 돌아가자. 마나여,

나를 지구로 보내줘. 트랜스퍼 디멘션!"

샤르르르르룽—!

현수의 신형이 안개처럼 스러지며 백작가에서 사라진다.

같은 시각, 마법 수정구 앞에 두 인물이 서 있다. 캐플렛 백작과 영지 마법사이다.

"어서, 어서 연결해 주게. 국왕 폐하께 소식을 전해야 하네."

"네, 백작님. 자, 잠시만요."

마법사가 손을 대자 투명했던 수정구 안에 안개 같은 것이 피어오른다. 그리곤 허연 수염을 기른 노인이 나타난다.

"어느 영지의 누군가?"

"아문센 궁정마법사님, 저는 캐플렛 백작가의 통신마법사입니다. 저희 영주님께서 폐하께 긴급히 보고하실 말씀이 있다고 합니다."

"오! 그런가? 그럼 백작을 보여주시게."

말을 마치자마자 저쪽 수정구에 캐플렛 백작이 나타난다.

"아문센 백작님, 안녕하십니까? 저, 캐플렛 백작입니다."

"아! 오랜만이네. 자넨 왜 멀린에 안 오는가? 자네 얼굴 본 지 꽤 되었네. 아카데미를 떠나곤 처음 보지?"

캐플렛 백작은 영주가 되기 전 왕립아카데미에서 수학했

다. 그리고 기사학부라 할지라도 교양과목으로 마법의 이해라는 수업을 들었다. 당시 아문센이 그 수업을 진행했다. 그때 아문센 백작은 마법학부 학장이었다. 다시 말해 스승과 제자로 만났다. 그때 이후 몇십 년 동안 본 적이 없다.

아무튼 아문센 백작은 올해 나이 여든다섯이다. 그렇기에 같은 백작이지만 편하게 말을 놓고 있는 것이다.

"네, 학장님. 몸은 건강하시죠?"

캐플렛 백작은 예전 호칭으로 부른다. 그렇게 해주는 걸 좋아하기 때문이다.

"그럼, 변방에 있다가 중앙에 오니 아주 편하고 좋네. 그나저나 이 시각에 웬일인가? 자네 영지는 국경에 접해 있지 않으니 전쟁 소식은 아닐 것이고, 뭐 좋은 일이라고 있나?"

"네, 백작님! 좋은 일이죠. 놀라지 마십시오. 지금 제 영지에 마탑주님께서 와 계십니다."

수정구 안의 아문센 궁정마법사의 눈이 커진다.

"에엥? 마탑주님? 로만 커크랜드님은 조금 전까지 왕궁에 계셨네. 근데 지금 거기 계시다고?"

아문센은 현재 5서클 마스터이고 로만 커크랜드는 6서클이다. 아드리안 공국 마법사 중 첫째와 둘째이다.

하지만 둘 다 텔레포트 마법은 쓰지 못한다. 6서클 마스터는 되어야 시전할 수 있는 마법이기 때문이다.

따라서 캐플렛 영지에 로만 커크랜드가 있다는 것은 말이 안 된다. 멀린에서 상당히 멀기 때문이다. 그렇기에 믿을 수 없다는 표정이다.

　　"아뇨. 영광의 마탑 마탑주님이 아니라 이실리프 마탑의 마탑주님께서 오셨습니다."

　　"뭐, 뭐, 뭐라고? 이, 이실리프? 저, 저, 정말인가?"

　　좀처럼 흥분하지 않기로 이름난 아문센 궁정대마법사가 상당히 놀랐는지 심하게 말을 더듬는다.

　　"네, 지금 마탑주님께선 제 성에 머물고 계십니다. 조만간 왕성을 향해 출발하신다 합니다."

　　"그, 그래? 자, 자넨 그분을 직접 뵈었나?"

　　"물론입니다. 겉보기엔 이제 겨우 스물다섯 정도로 보입니다. 그런데 10서클이라고 하십니다."

　　"뭐? 시, 시, 십 서클? 자네, 그 말 정말인가?"

　　"네, 마탑주님을 호위하는 라세안이라는 분으로부터 직접 들은 이야기입니다."

　　"라세안? 라세안은 또 누군가?"

　　"마탑주님의 수석호위라고 합니다. 그런데 이분 또한 대단합니다. 소드 마스터에 8서클 마법사라고 합니다."

　　"뭐, 뭐? 정말 마검사라는 말인가?"

　　"그렇습니다."

"휘유~! 대단하시군. 8서클도 어려운데 소드 마스터라니. 과연 이실리프 마탑이네. 안 그런가?"

아문센은 혀를 내두른다. 이때 캐플렛 백작이 입을 연다.

"물론입니다. 그런데 놀라지 마십시오. 마탑주님께선 10서클 마법사이시면서 동시에 그랜드 마스터라고 하십니다."

"커헉! 뭐, 뭐라고? 내, 내가 잘못 들은 거 아닌가?"

"아닙니다. 마탑주님은 10서클 대마법사이시면서 그랜드 마스터가 맞습니다."

"허얼! 세상에!"

"어서 전하께 보고하십시오. 마탑주님께서 그곳으로 가시는데 준비해야 하지 않겠습니까?"

"그, 그렇지. 알겠네. 참, 그분께서 출발하시면 꼭 다시 연락해 주게."

"물론입니다. 당연히 연락드려야죠."

"그래, 그럼 이만 통신 해제하세."

"자, 잠깐만요!"

"왜? 더 할 말 있는가?"

"네, 마탑주님을 맞이하실 때 주의하십시오."

"뭘?"

"C급 용병 차림으로 다니십니다. 라세안님도 용병 차림이구요. 그리고 일행이 하나 더 있습니다. 피리안 영지의 카트린느 조세핀 반 피리안 양도 같이 갑니다."

"카트린느가 마탑주님을 수행하는 건가?"

"그건 잘 모르겠습니다. 아무튼 그렇게 셋이 일행입니다. 병사나 기사들에게 겉모습만 보고 실수하지 말라고 하십시오."

"알겠네. 반드시 주의하도록 하지. 정보 고맙네."

"뭘요. 당연히 할 일을 한 것뿐입니다."

"웬만하면 같이 오게. 자네 공이 아닌가!"

"아이고, 아닙니다. 전 제 영지 건사하기에도 바쁩니다."

캐플렛 백작은 현수를 수행하다 자그마한 실수라도 하면 큰 문제가 될 수 있기에 쫓아갈 생각을 하지 않은 것이다.

"아무튼 알겠네. 전하께 자네의 공을 말해 드리겠네."

"감사합니다. 조만간 찾아뵙도록 하겠습니다."

통신이 끝날 즈음 영지 마법사는 기진맥진해 있다. 긴 시간 동안 통신이 되도록 마나를 불어넣다 지친 것이다.

아무튼 이 통신이 끝난 후 수도인 멀린은 난리가 벌어진다. 물론 이실리프 마탑주를 환영하기 위한 준비 때문이다.

제2왕후와 잠자리에 들었던 공왕이 놀라서 튀어나왔다. 왕성에서의 일과를 마치고 귀가했던 공작들은 물론이고 후작과 백작, 자작과 남작 모두 헐레벌떡 왕성으로 몰려든다.

그중 가장 난리가 벌어진 곳은 헥사곤 어브 이실리프이다.

이실리프 마탑주는 9서클 마스터인 것으로 알려져 있다.

어떻게 생겼으며 몇 살인지도 알지 못했다.

그럼에도 제1왕후와 제2왕후가 주도적으로 헥사곤 오브 이실리프에 머물 여인들 교체 작업을 진행했다.

그런데 아름답기로 이름난 귀족가의 여식들은 9서클 마스터라는 말을 듣고는 고개를 살래살래 흔든다.

보나마나 100살도 넘은 노인네일 것이기 때문이다.

그런데 캐플렛 백작으로부터 귀중한 정보가 입수되었다. 마탑주가 이제 겨우 25세 청년으로 보인다는 것이다.

이 소문이 번지자 거의 모든 귀족이 딸이나 조카를 데리고 왕궁으로 몰려든다.

이실리프 마탑주의 여인이 되면 단번에 팔자를 고칠 수 있기 때문이다. 하긴 공왕과 버금갈 권력을 지녔으니 현수의 여인이 되면 왕후와 동등한 대접을 받는다.

국왕은 왕권 강화를 위해 두 공주를 넣도록 했다. 하여 제1왕후의 열다섯 살 된 공주와 제2왕후의 열여섯 살 된 공주가 들어갔다.

이에 질세라 로레알 공작은 열일곱 살 된 손녀를, 필립스 공작은 열여덟 살 된 손녀를 보냈다.

공국 최고 권력자들이기에 불만이 있었지만 귀족들은 입을 다물었다. 대신 남은 두 자리 가운데 하나를 차지하기 위한 각축전이 벌어진다.

그러는 가운데 대대적인 청소 작업이 시작되었다. 거리의 오물은 모두 치워졌고, 지저분한 것들은 새것으로 교체되었다.

한국으로 치면 졸지에 새마을운동이 벌어진 셈이다.

이 과정에서 죽어나는 것은 평민과 노예들이다. 천 번 삽질하고 한 번 허리를 펼 정도로 중노동을 감당해야 했다.

이사이에 각국 세작들이 멀린으로 스며든다.

이실리프 마탑주가 과연 누구이며, 정말 10서클 대마법사이면서 그랜드 마스터인지 알아내기 위함이다.

전쟁 중이던 카이엔 제국과 라이서 제국, 그리고 크로완 제국의 모든 전선이 고착되었다. 최고위급 마법사와 검사들이 대거 멀린으로 이동한 까닭이다.

대륙에 소문나기를, 이실리프 마탑주는 하인스라는 이름을 쓰며 10서클 마법사이다. 또한 지난 수백 년간 어느 누구도 이르지 못한 그랜드 마스터라고 한다.

그리고 마탑주의 수석호위 라세안은 8서클 마법사이고 소드 마스터라고 한다. 둘 다 겉모습은 25세 청년이다.

대륙으로 번져 나간 이 소문 때문에 두 종류의 인물들이 속속 멀린으로 집결하고 있다.

첫째는 일곱 개 마탑의 탑주들과 부탑주들이다. 그리고 재야에 묻혀 묵묵히 마법 공부를 하던 마법사들이다. 이들 중 최고가 7서클이다. 그런데 10서클이 나타났으니 모여드는 것이다.

7서클과 8서클은 대단한 차이가 있다. 가히 넘을 수 없는 벽이나 다름없다. 그런데 무려 10서클이라 한다.

굳이 비교하자면 토끼와 호랑이 정도가 될 것이다.

토끼 수천 마리가 있다 하여도 호랑이 한 마리를 감당할 수 없듯 7서클은 감히 10서클에 맞서 대항할 수 없다.

10서클 마법사의 안티 매직 필드라는 말 한마디면 모두가 평범해지기 때문이다. 이러니 조금의 불순한 마음도 없다.

살아서 매지션 로드를 알현하는 것만으로도 대단한 영광이라 여기며 모이는 것이다. 물론 한마디쯤 귀중한 힌트를 얻을 수 있지 않을까 하는 막연한 기대를 품고는 있다.

아무튼 모여드는 마법사들 가운데에는 유희 중인 드래곤도 여럿 포함되어 있다. 드래곤 로드조차 이루지 못한 10서클 마법사라는 소문이 호기심을 자극한 때문이다.

두 번째 무리는 소드 마스터들이다.

대륙의 최강 전력은 소드 마스터이다. 이런 소드 마스터와 그랜드 마스터를 비교하면 사슴과 호랑이 정도 된다.

사슴 수백 마리가 있다 한들 호랑이에게는 조금의 위해도 가할 수 없다. 다시 말해 도저히 감당할 수 없는 상대이다.

따라서 도전할 생각은 꿈에도 없다. 잘못하면 목숨만 잃게 되기 때문이다. 이들 역시 자신이 바라마지 않는 그랜드 마스터라는 경지는 대체 어떤가 싶어 모여드는 것이다.

그저 가까이서 검신(劍神)을 보고 싶은 것뿐이다.

물론 한 번이라도 대련하는 영광이 있었으면 하는 막연한 기대를 품고 이동 중이다.

소문이 번지면서 현수와 라세안 덕분에 대륙은 한바탕 홍역을 앓기 시작했다.

그러거나 말거나 라세안은 깊은 잠에 취했고, 현수는 지구에 당도했다.

*　　*　　*

"휘유~! 날씨가 많이 쌀쌀해졌군."

서둘러 의복을 갈아입고는 곧장 집으로 텔레포트했다. 아래층으로 내려가자 물컵을 들고 가던 어머니가 화들짝 놀란다.

"헉……! 누, 누구……? 아! 현수구나. 너, 언제 들어왔니? 내가 문 열어 준 적 없는데……. 열쇠로 열고 들어온 거니? 그럼 소리 좀 내지. 놀랐잖니."

"어머니, 저 누군지 잊으셨어요? 마법으로 온 거예요."

"아이구, 얘야! 이제 그러지 마라. 놀라서 간 떨어질 뻔 했다."

"아! 그렇군요. 네, 알겠습니다. 앞으론 주의하겠습니다."

현수는 얼른 고개를 끄덕였다. 어머니의 말대로 놀랄 만하기 때문이다.

"저 좀 나갔다 올게요."

"나가? 금방 들어왔다며? 참, 나가기 전에 나 좀 보고 가라."

"네? 무슨 일 있어요?"

"새아기들 뭘 좀 줘야 하는데 고르기가 너무 힘들구나."

"네?"

"너는 매일 밖으로만 나돌고 지현이는 그렇다 쳐도 연희와 이리냐는 얼굴도 못 보잖니. 그래도 평생에 한 번 있을 결혼이니 반지 같은 예물을 준비해야 하잖아."

"그, 그렇죠."

"내 맘대로 고를 수도 없고 하니 네가 골라봐라."

"그, 그거라면… 네! 알겠습니다."

거실로 나가니 아버지가 가져오신 카탈로그가 여러 권 쌓여 있다. 각종 보석으로 만드는 목걸이, 팔찌, 티아라, 귀걸이, 브로치 등등이 보인다.

현수는 이것저것을 살펴보던 중 묘안이 떠올랐다. 현대식 디자인도 좋지만 드워프들의 솜씨 또한 상당히 세련되어 있다.

어떤 면으로 보면 더 뛰어나기도 하다.

자신들은 탁월한 디자인 감각을 뽐내기 위해 만드는 것이지만 귀부인들은 그걸 갖지 못해 환장한다.

그러고 보니 아공간엔 상당히 많은 보석이 있다.

다이아몬드, 루비, 사파이어, 에메랄드는 물론이고 지구엔 없는 것들도 있다.

"어머니, 이 카탈로그 제가 가지고 나갈게요."

"왜? 마음에 드는 게 없어?"

"아뇨, 그게 아니라 누구에게 부탁을 하려구요."

"아이고, 얘야, 추씨 사장님이 특별히 공임 싸게 받는다고 했으니 그냥 하자."

"추 사장님껜 어머니와 아버지 것만 만드세요. 제가 부탁 드리려는 곳은 해리 윈스턴(Harry Winston)이에요."

"해리 윈스턴? 뉴욕의……?"

어머니도 아버지로부터 들은 풍월이 있으신 모양이다.

"네, 뉴욕 5번가의 해리 윈스턴 맞아요."

"거기 공임 비쌀 텐데……."

"저는 추씨 아저씨네 공방 실력이 좋은 건 알아요. 하지만 지현이나 연희, 그리고 이리냐는 모르잖아요."

"그, 그야 그렇겠지."

"아버지 다니시는 공방에선 두 분 반지를 하나씩 만드세
요. 보석은 제가 드릴 테니까요."

"보석?"

"네, 어머닌 5월에 태어나셨으니 에메랄드로 하시구요. 아
버진 9월이시니 사파이어를 드릴게요. 아공간 오픈!"

말 떨어지기 무섭게 시커먼 공간이 열리자 어머닌 이건 대
체 뭔가 하는 표정으로 바라만 보신다.

"……!"

아공간을 뒤져 보니 에메랄드와 사파이어는 상당히 많이
있다. 반지를 만들 것이니 너무 커도 불편할 것이라 생각하고
적당한 것들을 꺼냈다.

"이 정도면 반지 만들기에 적합할 거예요."

현수가 건네는 보석들을 받은 어머닌 귀한 물건 다루듯 조
심스럽게 내려놓는다.

그것들은 각기 4캐럿을 약간 상회한다. 반지로 만들어 팔
경우 1억 5천만 원 정도의 가치를 갖게 될 것이다.

"근데 새아가들 예물을 해리 윈스턴에서 만든다고?"

"아뇨, 알아보는 김에 반클리프 & 아펠스(Van Cleef &
Arpels)와 까르띠에 등도 알아볼게요."

"……!"

어머닌 대체 어쩌려고 이러느냐는 표정이다. 보석보다도

공임이 더 비쌀 것 같아서이다.

"어머니, 저 돈 많잖아요. 그리고 지현이나 연희, 그리고 이리냐더러 고르라고 할 거니까 걱정 마세요. 자아, 예물은 제가 알아서 할 테니 어머닌 다른 거 신경 쓰세요."

"에휴! 알았다. 네가 그 일을 맡아서 해주면 난 편하지."

네 일이니 네가 알아서 하라는 표정으로 금방 바뀌신다. 연봉이 60억이라는 걸 떠올리신 것이다.

"네, 이건 제가 할 테니 믿어주세요. 참, 혼배성사 끝나면 신부님께 뭐 좀 드려야 하잖아요."

"그래, 예물을 좀 드려야지. 돈을 조금 드리면 어떨까?"

"돈보다도 묵주반지는 어떨까요?"

"묵주반지?"

"네, 금으로 만든 조금은 특별한 기능이 있는… 그걸 끼고만 있어도 감기 같은 건 걸리지 않게 하는 그런 거 어떨까요?"

"그런 것도 만들 수 있니?"

"어머니와 아버지 손에도 끼어져 있잖아요."

"이거? 이게 그런 기능이 있는 거였어? 아! 그러고 보니 이걸 끼고 난 이후 감기 같은 거 한 번도 안 걸렸다. 그래, 묵주반지 좋다. 그걸로 만들어오너라."

"아뇨, 그건 추씨 공방에 주문하세요. 신부님은 해리 윈스

톤 같은 데서 만든 묵주반지 안 끼실 거예요. 안 그래요?"

"하긴, 허튼 데 돈 쓰는 거 못 보시는 분이지. 알았다. 그럼 아버지께 만들어달라고 하지. 근데 그게 어떻게 효과가 나는 거냐?"

"다 만든 다음에 제가 마법을 좀 써야 해요."

"아! 그렇구나. 그나저나 지금 나가려고?"

"네, 오늘 회사 일로 만나 봬야 할 분들이 좀 있어서요."

"그래, 알았다. 나가 돌아다니더라도 끼니 거르고 그러지 마라. 알았지? 잠은 집에 와서 자고."

"에구, 걱정 마세요. 제가 뭐 애인가요? 저 그럼 나갑니다."

"오냐! 조심히 다녀오너라."

집을 나선 현수는 곧장 울림네트워크로 향했다. 여전히 연비 측정 중이다. 하긴 믿기 힘들 것이다.

"아! 오셨어요?"

박동현 대표가 반색을 하며 웃는다.

"에구, 나 이 차 좀 써야 하는데……."

자동차에 뭔가가 주렁주렁 매달려 있어서 한 이야기이다.

"아! 그래요? 그럼 조금만 기다려 주세요. 금방 되니까요. 이 팀장, 얼른 원상 복구! 알지?"

"네, 사장님!"

이 팀장이 팀원들에게 뭔가 지시를 내리자 일제히 달려들어 붙어 있던 것들을 떼어낸다.

"근데 연비 측정은 뭐하려고 자꾸 해요?"

"자꾸 해봐야죠. 그래야 뭐가 어떻게 작용해서 그렇게 되는지 알게 되잖습니까."

"후후, 그래서 알아낸 거 뭐 있습니까?"

"그렇지 않아도 그래서 미치는 중입니다. 대체 엔진에 무슨 짓을 하신 겁니까? 다른 엔진과 다른 게 하나도 없는데 이것만 연비가 달라요."

"후후, 그게 기술이지요. 뜯어봐도 모르겠죠?"

"네, 엔진을 제조한 회사 직원들까지 와서 아예 완전 분해를 했다가 재조립을 하면서 하나하나 따져 보았습니다."

"그런데요?"

"기존과 달라진 부분이 손톱만큼도 없답니다. 그러니 미치죠. 대체 뭡니까? 저한테만 살짝 알려주시면 안 됩니까?"

"후후, 미안합니다. 그건 비밀이거든요."

"……!"

박동현 대표는 자기를 믿지 못하느냐는 듯 서운한 표정을 짓는다. 하지만 이에 마음 흔들릴 현수가 아니다.

그래도 한마디는 해줘야 하기에 시선을 주었다.

"대신 울림네트워크에만 주잖아요. 그나저나 생산설비 확

충은 어떻게 되어갑니까?"

"지, 지금 하고 있습니다. 하지만 새로 공장을 짓는 게 아니라면 한계가 있습니다."

"그럼 지읍시다. 어차피 엔진 제조 공장이 필요하니까요."

"네?"

"이실리프 엔진이라는 회사 만들기로 했잖습니까. 그 회사 경영은 김형윤 선배에게 맡기고 대표님은 울림네트워크에서 울림모터스를 분사하십시오."

"……?"

"연간 최소 100만 대는 만들어야 하지 않겠습니까?"

"배, 백만 대요?"

놀란 표정이다.

"리터당 연비 112㎞짜리 가솔린 엔진 자동차가 우리 것 말고 또 있습니까? 모르긴 몰라도 주문이 밀려들 겁니다. 안 그렇습니까?"

"무, 물론입니다. 당연하죠. 아마 없어서 못 팔 겁니다."

"우리 둘 다 이렇게 확신하는데 왜 머뭇거립니까? 힘 날 때 밀어붙여야죠. 안 그래요?"

박 대표는 입술을 지그시 다문다. 뭔가 결심할 때의 습관이다. 그리곤 이내 고개를 끄덕인다.

"알겠습니다. 즉시 시행하지요."

"돈이 부족하면 말씀하세요. 저 돈 많이 버는 거 아시죠?"

"그, 그럼요. 알겠습니다. 돈이 필요할 때마다 전화 드리지요."

"공장을 새로 짓는 것보다 매입하는 쪽을 알아보세요. 그게 시간 절약이 될 테니까요. 그리고 기술자 확보도 쉽구요."

"그럼 고용 승계를 하라는 말씀이십니까?"

"사람 보는 눈이야 저보다 더 좋잖습니까. 그러니 대표님이 알아서 하십시오."

"알겠습니다."

맡겨만 달라는 표정이다.

"참, 저도 울림모터스의 주주가 될 테니 미리 말씀드립니다만 가급적이면 전원 정규직으로 채용하십시오."

"네? 전부 정규직으로요?"

"고용이 안정되어야 일할 맛도 나는 것이고, 애사심도 샘솟는다 생각합니다."

"알겠습니다. 전무님 뜻이 그러하시다면 그렇게 하죠."

자금 경색 때문에 한 달에 겨우 몇 대 생산해 내던 시절이 엊그제이다. 그땐 직원들 급여도 제대로 못 줬다.

은행에서 대출받은 돈의 이자납입일은 왜 그렇게 자주 오는지 괴롭기만 하던 시절이다.

하지만 지금은 다르다. 생산대수는 많이 늘었고, 급여는 제

날짜에 제대로 지급된다. 그리고 은행 빚은 전혀 없다.

오히려 여유자금이 이자를 불리는 중이다.

앞으로는 이보다 훨씬 더 나아질 것이다.

지구 최강 연비를 자랑하는 가솔린 엔진을 가졌기 때문이다. 이 모든 게 김현수 전무 덕분이다. 그렇기에 고개를 끄덕인다.

"대표님! 원상 복구 마쳤습니다."

"수고했어요. 이 팀장!"

"수고라니요. 당연한 일이지요."

이 팀장이 물러나자 현수가 운전석에 앉았다.

"다 쓰면 도로 가져다 줄 테니 너무 서운하게 생각지 마십시오. 그리고 엔진 공장 매입은 좀 서둘러 주세요."

"네, 알겠습니다."

부우우우웅―!

노란색 스피드가 속력을 높여 울림네트워크 공장을 떠났다. 그렇게 200여m쯤 가는데 전화가 진동을 한다.

현수는 블루투스를 가동시켰다.

"여보세요. 김현수입니다."

"김 전무. 홍 의원이네. 자네 좀 보고 싶은데 시간 되나?"

"그럼요. 지금 어디 계십니까?"

"여기 평택이네. 2함대 사령부가 있는 곳이지."

"제가 그리로 가면 됩니까?"

"올 수 있다면 오게."

"알겠습니다. 그럼 지금 곧바로 그쪽으로 가겠습니다."

통화를 마친 현수는 아공간에 담긴 마법진들을 떠올렸다.

현재 2함대에 대해 알고 있는 것이라곤 양만춘함이 있다는 것뿐이다. 한국형 구축함 사업인 KDX—I 사업에 따라 제작한 3,200톤급 세 번째 구축함이다.

신호대기에 걸릴 때마다 검색을 해보니 58,200마력짜리 가스터빈 엔진 2기와 8,000마력짜리 디젤엔진 2기가 설치되어 있다.

이 배는 최대 30노트의 속력을 내며, 18노트 항주 시엔 4,000해리를 이동한다.

"경량화와 그리스 마법진이 적용되면 속도는 조금 더 빨라질 수도 있겠군. 근데 헤이스트 마법도 적용될까? 경량화가 되어도 엄청 무거울 테니 최상급 마나석을 박아야 하나? 어렵겠지?"

운전을 하며 스스로에게 묻고 대답하는 동안 스피드는 평택항을 향해 질주를 멈추지 않는다.

"흐음 4,000해리라면 약 7,800㎞인데 기름값 엄청나게 들겠군. 좋아, 그걸 12분지 1로 줄여주지. 기다려라, 양만춘함! 지구 유일의 마법사가 달려간다. 후후후!"

현수는 입가에 미소를 베어 문 채 서늘해진 공기 사이를 누비고 있었다.

오늘은 2013년 11월 1일 금요일!

대한민국 해군이 환골탈태를 시작하는 날이다.

『전능의 팔찌』 제21권에 계속…

獨步行

독보행

임영기 新무협 판타지 소설

FANTASTIC ORIENTAL HEROES

그날, 심산유곡에서 수련하던
한 명의 소년이 강호로 내려왔다.

모든 이가 소년을 비웃고,
모든 무사가 그를 깔봤다.

소년은 흔들리지 않는다.
"이 천하를 독보(獨步)하리라!"

한번 시작한 걸음, 결코 멈추지 않으리라.
천하여! 무림이여!
대무영(大武英)이 간다!

Book Publishing CHUNGEORAM

ALCHEMIST
알케미스트

FUSION FANTASTIC STORY 시이람 장편 소설

2013년, 또 하나의 현대물이 깨어난다.
현대에서 펼쳐지는 연금마법진의 진수!

인간 최초의 9서클을 이룩한 마법사 아스란.
죽음의 위기에서 그가 남긴 유지가
차원을 넘어 지구에 떨어진다.

일리미트 비블리어시카(Illimite bibliotheca)!

그 무한한 힘과 지식을 얻게 된 김창준.
3년 전으로 돌아간 날을 기점으로,
삶이, 인생이, 그의 희망이 바뀐다!

현대에 강림한 진정한 마법사의 전설!
끝도 없이 세상을 향해 날개를 펼치다!

Book Publishing CHUNGEORAM

유행이 아닌 자유추구 -
WWW.chungeoram.com

獨步行

독보행

임영기 新무협 판타지 소설

FANTASTIC ORIENTAL HEROES

그날, 심산유곡에서 수련하던
한 명의 소년이 강호로 내려왔다.

모든 이가 소년을 비웃고,
모든 무사가 그를 깔봤다.

소년은 흔들리지 않는다.
"이 천하를 독보(獨步)하리라!"

한번 시작한 걸음, 결코 멈추지 않으리라.
천하여! 무림이여!
대무영(大武英)이 간다!

Book Publishing CHUNGEORAM

까불지마!

FUSION FANTASTIC STORY

무람 장편 소설

『태클 걸지 마!』의 무람 작가가
풀어내는 신개념 현대판타지 소설!

24살의 대한민국 청년, 강태영
타고난 병으로 인해 온몸의 근육이 힘을 잃어가는 그가 부모마저 잃었다!

"제기랄! 이 빌어먹을 몸뚱이!"

좌절하여 모든 걸 포기하려던 바로 그날.

꽈르르릉! 번쩍!
강태영을 향해 떨어진 푸른 날벼락.
그리고 그가 눈을 떴을 때
그를 기다리고 있는 것은……

**날 비참하게 만들던 세상이여
더 이상 까불지 마라!**

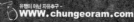

ALCHEMIST
알케미스트

FUSION FANTASTIC STORY 시이람 **장편 소설**

2013년, 또 하나의 현대물이 깨어난다.
현대에서 펼쳐지는 연금마법진의 진수!

인간 최초의 9서클을 이룩한 마법사 아스란.
죽음의 위기에서 그가 남긴 유지가
차원을 넘어 지구에 떨어진다.

일리미트 비블리어시카(Illimite bibliotheca)!

그 무한한 힘과 지식을 얻게 된 김창준.
3년 전으로 돌아간 날을 기점으로,
삶이, 인생이, 그의 희망이 바뀐다!

**현대에 강림한 진정한 마법사의 전설!
끝도 없이 세상을 향해 날개를 펼치다!**

Book Publishing CHUNGEORAM 유행이 아닌 자유추구 -
WWW.chungeoram.com